U0094790

高丘親王航海記

しぶさわたつひこ
澀澤龍彥 著

章蓓蕾 譯

目次

導讀

通向極樂的奇幻之旅——《高丘親王航海記》

◎譯者　章蓓蕾

《高丘親王航海記》是澀澤龍彥唯一的長篇小說，也是他生前最後一部作品。這部小說從一九八五年（昭和六十年）至一九八七年在雜誌《文學界》連載，共七章。一九八七年十月出版單行本。不過澀澤龍彥並沒看到自己的作品問世，因為他已在這一年的八月五日因咽喉癌去世。更令人惋惜的是，這部小說在他去世後隔年獲得第三十九回讀賣文學賞，但作者已永遠無緣知曉了。

《高丘親王航海記》開始連載時，澀澤龍彥並不知道自己罹患癌症。日本作家巖谷國士在《澀澤龍彥考》書中介紹，作者最初在最後一章「頻伽」結尾加注的「完」字，後來不知何時刪除了，由此推測，如果作者沒有罹癌，應該還有第八章，《高丘親王航海記》的結局或許就不是現在大家看到的模樣。

小說進行到第六章「珍珠」時，澀澤龍彥獲知自己得了絕症，癌細胞已經擴散。他為了舒緩呼吸困難等症狀，接受醫生的建議，做了一次大手術，割掉了聲帶。從這時起，他只能靠筆談跟周圍溝通。

小說的最後兩章「珍珠」、「頻伽」裡，高丘親王吞下珍珠之後出現了喉嚨痛、窒息等症狀。而在現實生活中，澀澤龍彥也在承受類似的肉體折磨。這時的他已跟高丘親王合為一體，一步一步朝向極樂世界邁進。日本的文學評論家奧野健男指出，這種表現形式在日本的文學作品中極為罕見，因為作者並不是以私小說，而是以奇幻小說的方式直接重現自我經驗。

◎高丘親王其人其事

《高丘親王航海記》是一部根據史實改寫的幻想小說，高丘親王搭船遠渡天竺之前的情節，都是史料中記載的事實。澀澤龍彥為了完成這部作品，曾經蒐集並閱讀大量參考資料。小說發表後，許多評論家都認為，「作者以他學貫古今東西的博識為基礎，引領讀者漫遊在他編織的怪誕世界裡」，這部作品「不僅充分發揮他卓越的想像力，也能接受嚴密考證的檢驗」，堪稱是「日本眾多文學創作中，屈指可數的傑作」。

故事主角高丘親王是日本平安時代平城天皇的第三皇子，他在叔父嵯峨天皇即位後曾被立為皇太子，卻又因為父親的寵妃藤原藥子與兄長圖謀造反，而受到這場史稱「藥子之變」的政爭牽連，被剝奪皇太子頭銜，降為親王。

高丘親王當時剛滿十二歲，遭逢這次人生的重大挫折之後，他看透了世間無常。二十二歲那年，他決定出家，並拜弘法大師空海為師，法名「真如」，後世稱「真如親王」。又因天皇賜予出家親王專用的封號「法親王」，史料中也稱他為「真如法親王」。

貞觀六年（西元八六四年），高丘親王歷經千辛萬苦，終於到達長安。這時距他在明州（寧波）上岸已經過了三年。他原打算在師父弘法大師當年駐留的青龍寺學習真言密宗的教義，但萬萬沒有想到，在他抵達長安的二十年前，唐武宗李炎進行了一場名為「會昌滅佛」的佛教鎮壓運動，信奉道教的皇帝以「佛教寺院過度擴增，影響國庫收入」為由，在全國廣拆佛寺，削減僧侶。高丘親王到達長安之後，一直尋覓不到理想的習佛環境，經他再三考慮，決定於貞觀七年（西元八六五年），帶著三名隨從經由海路轉往天竺求法。

據《頭陀親王入唐略記》記載，高丘親王是從廣州光孝寺乘船前往天竺，但他出發後就失去了音訊。十六年後的元慶五年（西元八八一年），住在大唐的日本僧侶中瓘向天皇提出書面報告指出，高丘親王已在羅越國（可能是今天的馬來半島南端，也就是新加坡）去世。死因不明，一說是被老虎吃掉，一說是陷入流沙失蹤。

今天的馬來西亞新山（Johor Bahru）有一處日本人墓地，其中有一座高丘親王供養塔，是由高野山親王院從日本運來的花崗岩建成，可視為上述史實的間接證據。

◎出身名門的富家少爺

小說裡的高丘親王夢到芭塔莉亞．芭它塔公主對他說：「您要是選了美麗的珍珠，就不能避開死亡。如果想要避開死亡，就得放棄美麗的珍珠。」現實世界裡的澀澤龍彥也跟高丘親王一樣，決定以生命交換「美麗的珍珠」。他不但在病床上寫完了小說，還在去世的一個月前親自完成《高丘親王航海記》單行本的校稿。這種唯美主義的表現，或許跟他出身名門的家庭教育有關。

澀澤龍彥的父親是銀行職員，母親是政治家兼實業家的千金，他從小到大都住在寬敞的豪宅裡，日常起居都有女傭伺候。澀澤家從江戶時代就是望族，眾多的族人後來分為三支。澀澤龍彥的高曾祖父宗助是「東家」這支的大家長。他從事養蠶、染織等事業獲得巨利，所以「東家」後來成為澀澤家族當中財力最豐厚的一支。

宗助有個侄兒叫做澀澤榮一，因為擅長經營企業，深受幕府重用，後來還在明治政府成為貢獻卓越的功臣，被後人尊為「近代日本經濟之父」。澀澤龍彥大約兩歲的時候，在一次家族聚會中，曾被澀澤榮一抱過。這件事一直被全家當成家族的光榮事蹟反覆傳誦。

澀澤龍彥從小喜歡閱讀山中峰太郎、江戶川亂步、南洋一郎等作家的冒險小說。一九五四年，他翻譯法國作家尚・考克多的小說《大劈腿》（*Le Grand Écart*）出版時，首次使用筆名「澀澤龍彥」代替本名「澀澤龍雄」，據說就是因為山中峰太郎的幻想冒險小說《萬國的王城》主角叫做「龍彥」。

◎「惡德的榮光」事件

澀澤龍彥在日本文壇的人緣極好，一方面因為他熱愛交際，一方面因為他性格直率。跟他相交多年的作家三島由紀夫在散文〈關於澀澤龍彥氏〉裡這樣描述過他：「澀澤氏在『薩德裁判』中的英勇表現使他名聲大噪……他不但博學多聞、熱情待人，還是有名的愛妻家，日本如果沒有澀澤龍彥的話，將是多麼無趣的國家！」

「薩德裁判」也叫做「「惡德的榮光事件」，起因是澀澤龍彥在一九五九年翻譯了一本法國小說《惡德的榮光》（*Juliette*，中譯「於麗埃特」）。作者薩德侯爵在當時被大多數日本學者視為低俗的色情作家，日本社會都帶著有色眼光評價薩德文學。小說出版後不久，譯者澀澤龍彥就被冠上「頒布並持有猥褻物」的罪名而遭到起訴。

「薩德裁判」在日本文化界引起了高度關注，許多作家為了維護創作自由，都挺身支持澀澤龍彥。譬如知名度極高的大江健三郎、大岡昇平、遠藤周作、三島由紀夫等作家，甚至主動出庭為他辯護。

澀澤龍彥之所以成為薩德小說的譯者，是因為他在高中時就對選修的法文很感興趣。當時教他法文的教師平岡昇，後來也是日本著名的法國文學專家和翻譯家。澀澤龍彥進入東京大學文學部法文科就讀之前，已經能夠看懂法文書籍，更對歐洲盛行一時的超現實主義（surrealism）和達達主義（dadaism）十分傾倒。也就是從那時起，他決定扮演文化引介者的角色，試圖把西方文化思想介紹給日本的文藝界。

◎如夢似幻的奇幻之旅

一九八七年八月五日早晨，澀澤龍彥的母親正在北鎌倉的家中凝望庭院，突然，她看到一隻黑色蝴蝶從院外翩翩飛來。黑蝶在她面前飛舞幾圈之後，飄然飛向遠方。她直覺地想到，兒子遠行的時間到了。

這天下午，澀澤龍彥正在東京的病房裡看書，突然，兩天前才被發現的頸動脈瘤破了。他幾乎是在瞬間失去了生命。

這個結局實在過於神奇。因為他在半年前交稿的「珍珠」裡，有一段高丘親王想像死亡的描寫：「死亡現在已經凝聚成一顆珍珠，鑽進我的喉嚨深處……」「或許等我到了天竺，這顆死亡之珠會在一股無法形容的香氣中，砰地一下迸裂，那時，我就會像喝得大醉般的死去吧……我的歸處就是天竺。死亡之珠一旦裂開，應該就能飄出天竺的芳香。」

高丘親王喉中的「死亡之珠」並沒有迸裂，澀澤龍彥卻成為替補演員演完了這場戲。他喉中的「死亡之珠」迸裂時，或許並沒有聞到天竺的芳香，但可以確定的是，他跟自己筆下的高丘親王一起走完了這段通往極樂的奇幻之旅。

二〇二四年四月吉日
章蓓蕾
於東京

參考資料：

1《龍彥親王航海記─澀澤龍彥傳》：礒崎純一　著，（白水社，二〇一九年）。
2《高丘親王入唐記：廢太子與虎害傳說的真相》：佐伯有清　著，（吉川弘文館，二〇〇二年）。
3《澀澤龍彥的時空》：巖谷國士　著，河出書房新社，一九九八年）。
4《澀澤龍彥考：略傳與回想》：巖谷國士　著，（勉誠社，二〇一七年）。
5《澀澤龍彥的少年世界》：澀澤幸子　著，（集英社，一九九七年）。
6《我的少年時代》：澀澤龍彥　著，（河出書房新社，二〇一二年）。
7《澀澤龍彥─回想與批評》：三島由紀夫等　著，（幻想文學出版局，一九九〇年）。
8《別冊新評「澀澤龍彥的世界」》：別冊新評雜誌編輯部　編著，（新評社，一九七三年）。
9《懷念的人們》：吉行淳之介　講。

儒艮[1]

唐朝的咸通六年[2]，也就是日本的貞觀七年，歲次乙酉，正月二十七日，高丘親王[3]從廣州搭船西渡天竺。這一年，親王六十七歲。隨行服侍親王的安展與圓覺[4]，都是在

1 儒艮：海牛目儒艮科的哺乳動物，體型跟鯨魚相似，身體呈紡錘形，長約三公尺。主要生活在熱帶的淺海裡。這部作品最初在雜誌連載時，第一章的題目是「蟻塚」，後來出版單行本時改為「儒艮」。

2 咸通六年：西元八六五年。咸通為唐懿宗李漼的年號。

3 高丘親王（七九九—八六五）：日本平安時代初期平城天皇的第三皇子。嵯峨天皇即位後被立為皇太子，後來在政變中受到波及，被降為親王，從此皈依佛門，並成為空海十大弟子之一。於西元八六五年帶著三名隨從經由海路前往天竺，從廣州出發後便失去了音訊。

4 圓覺：平安初期的留學僧。俗姓田口。西元八四〇年前往大唐，在五台山長期修行後，轉仕長安。西元八五五年在長安與天台宗僧侶圓珍相識，協助圓珍在中國巡遊各處佛教勝地。

唐土修行多年的日本僧侶。

廣州當時跟交州（今天的越南河內）一樣，是唐朝跟南洋進行貿易活動最繁盛的港口。交州則被阿拉伯人叫做龍京，唐朝政府在這裡設置了安南都護府。廣州在古代的漢朝叫做番禺，據說從那時起，這裡就是犀角、象牙、玳瑁、珠璣[5]、翡翠、琥珀、沉香、銀、銅、龍腦香[6]等商品的集散地。大量貨物送到這個港口之後，再由唐朝商人運往中原各地。即使到了今天的咸通年間，廣州的交易盛況仍跟從前一樣，絲毫沒有衰減。現在珠江的水面上，除了從前在非亞兩洲之間往來交易的阿拉伯商船之外，還可以看到來自天竺、獅子國（錫蘭）和波斯的商船，以及叫做「崑崙船」的南洋諸國的貨船。各式各樣船隻的船舷緊緊靠在一起，甲板上的水手正在四處奔忙，他們的膚色與眼珠顏色各不相同，晒得黝黑的上半身全都裸露在外，看起來就像陳列在人種博物館裡的標本。事實上，馬可．波羅和鄂多立克[7]搭乘的船隻，還要再過四百年至四百五十年之後才會駛過這片海域，不過這時港灣裡的船舶上，已經偶爾可見白蠻（歐洲人）的身影。這些髮色奇特的人種在船上忙碌的模樣，也為廣州港的風景增加更多情趣。

高丘親王一行的預定計畫大致是這樣的：從廣州港搭乘小船出發後，先沿著一條叫做「廣州通海夷道」的航道向西南前進，到達安南都護府所在地交州後上岸，然後改走名為「安南通天竺道」的陸路進入天竺。「安南通天竺道」以交州為起點，之後分為兩條支線：一條翻越安南山脈通向扶南（暹邏），另一條經由北面地勢險峻的雲南昆明、大理再抵達驃國（緬甸）。不過親王的團隊最終究竟會選擇哪條路，現在誰也說不准，或許屆時為了配合需求，他們還是得走海路，也就是說，還要繼續乘船沿著陸地的海岸前進，經過占城（越南）、真臘（柬埔寨）、盤盤國（馬來半島中部），繞過羅越國（新加坡附近）的海角尖端，然後穿越麻六甲海峽進入印度洋。總之，不論是走海路還是陸路，等待在他們前方的是一片未知世界，他們隨時都可能遇到意外的危險。換句話

---

5 珠璣：各種大大小小的玉石。

6 龍腦香：極為珍貴的高級香料，是用龍腦香樹的樹脂凝結而成的白色結晶體，另稱「冰片」。

7 鄂多立克（Odorico da Pordenone，一二八六—一三三一）：羅馬天主教方濟各會修士，繼馬可波羅之後的著名旅行家。與馬可．波羅、伊本．白圖泰、尼可羅．康提並稱中世紀四大旅行家。

說，這趟旅程根本無法事先擬定任何計畫，除了搭船向南，任由命運擺布之外，他們似乎也沒必要考慮其他的事情。

廣州由於緯度靠近赤道，即使在一月的嚴冬季節，氣溫卻一點都不冷，不斷吹來的微風甚至還帶來幾分暖意。親王這時站在船舷上，挺著胸膛，伸直背脊，兩手抓著欄杆，眼睛不住地打量熱鬧繁華的港口。親王的背脊總是像這樣英姿煥發地挺得直直的，雖然他早已過了花甲之年，但外表看起來卻只有五十多歲。小船這時已完成出航的準備，只等船長發出命令，立刻就可啟航出發。親王看到岸上有許多腳夫，都在大聲吆喝著搬運貨物，突然，眾人的腳邊竄出一名少年，只見他拚命地小跑著奔向親王的船邊。親王不禁露出訝異的表情，並跟身邊的安展交換眼色。安展是個孔武有力的男子，年齡大約四十歲左右，跟親王一樣打扮成僧侶的模樣。

「馬上就要出發了，這種緊要關頭，竟跑來一個奇怪的傢伙。」

「我過去瞧瞧吧。」

沒多久，少年便被安展拖到了親王的面前。原來是個充滿稚氣的男孩，年齡大約十五歲，臉頰紅潤，手腳像女孩一般纖細。出人意料的是，少年竟能說一口流利的當地方言。於是，平時為親王擔任翻譯的安展用當地話向他提出一連串疑問，少年喘著氣答道，他原本是個奴隸，現在從主人家逃了出來，萬一被追捕的家丁抓回去的話，肯定會被主人打死。說完，少年乞求親王收留自己，讓他暫時躲在船上，如果這艘船即將出海，他願跟大家一起出國，絕對不會後悔。不，不僅不會後悔，少年還懇求道，只要是自己能做的，不論是多骯髒、多辛苦的工作，他都願意做，親王若能給他工作，他會一輩子感恩不盡。

親王聽到這裡，回頭看著安展說：

「一隻可愛的小鳥走投無路，自己飛到我們身邊來了，不是嗎？總不能趕走他啊。我們就帶他一起出發吧。」

安展似乎不太放心地說：

「只希望不要誤了我們的大事。不過，哎，既然親王想要帶上他，就帶他一起去吧。我沒有任何意見。」

圓覺這時也走過來說：

「眼下就要渡海前往天竺了，總不能過於狠毒。說不定這也是佛緣，殿下，就帶他一起出發吧。」

說到這裡，三人似已達成共識，剛好也在這時，站在船頭的船長突然提高音量喊道：

「解纜！右滿舵……」

船身開始緩緩移向江心，船上的四人轉眼向岸邊望去，看到兩三個男人露出疑惑的眼神緊盯著逐漸遠去的船身，他們似乎就是來追捕少年的家丁，嘴裡還不斷地叫喊著什麼。少年總算在千均萬髮之際保住了小命，他不禁高興得含淚撲倒在親王腳邊。親王拉著少年的手說道：

「今後你的名字就叫秋丸吧。以前有個服侍我的侍從名為丈部秋丸，去年在長安病故了。從今天起，你就把自己當成秋丸二世，負責伺候我的日常起居吧。」

就這樣，陪同親王遠赴天竺的隨扈變成了三人：安展、圓覺和秋丸。其中特別值得一提的，是那位叫做圓覺的和尚。他是比安展年輕五歲的青年才俊，多年前偷渡來到唐土，專心鑽研煉丹術[8]和本草學[9]，他就像一部百科全書，擁有一般日本人所沒有的廣泛學識，就連親王也對他另眼看待。

船隻駛出廣州港，朝向遙遠的雷州半島和海南島前進。廣闊的海面上，小船像一片漂浮的樹葉，隨著變換無常的海風漂漂蕩蕩，船行的速度也是時快時慢。有時，炙熱的南國海上一點風浪也沒有，海面平靜得像是籠罩溼氣的一鍋熱油，乘客甚至都弄不清船身究竟是在前進？還是始終停留在原處？心中也不免會因焦慮而生出錯覺。有時，船身又突然掀著浪花，飛行似的快速前進，甚至令人擔心桅桿會被海風吹斷。海水的性質似

8 煉丹術：指古代煉製丹藥的技術。此種將藥物加溫昇華的製藥方法創造於戰國時代，十九世紀傳入阿拉伯，二十世紀再傳入歐洲。煉丹術製成的的藥物分外用和內服兩種，外用藥至今仍有價值，內服藥則因為毒性較大已被逐漸淘汰。

9 本草學：一門研究藥物的傳統學科，最早起源於中國，日本在奈良時代以後才由遣唐使傳入。本草學的內容包括藥物名稱、性質、效能、產地、採集時間、入藥部位、主治病症等，也是中國傳統醫學中藥物學和方劑學的基礎。

乎隨時隨地都在千變萬化，這種多變性令人不得不懷疑，南國海上的風和水都具有一種奇妙的特性，能使這片海域的船隻產生完全無法預測的物理作用。每天，都像一種慣例似的，海面必定會掀起一場暴風雨。當疾風暴雨來襲時，視線範圍之內的所有物體都蒙上一層黯淡的灰色，海面和天空好像連成了一體，根本無法分辨上下。就連船上的乘客也不免開始懷疑自己的眼睛，以為自己搭乘的這艘小船已經船底朝上，正在冒著水泡的天空裡茫然前進。親王每次望著這幅奇異的海景，不禁從心底生出無限感慨。

「這樣一直南下到了大海的盡頭，說不定就能看到一個顛倒的世界，是我們在日本近海絕對無法想像的。喔，不對，現在就對這種現象感到震驚可不行。這一路航行下去，越來越接近天竺，我們得做好心理準備，今後應該還會遇到更奇妙的事情。這不就是我所期待的嗎？看啊！天竺越來越近了。多令人欣喜！天竺馬上就近在眼前了。」

親王向著沒有聽眾的黑暗吐露了這番感想。他站在小船的船頭，海水濺起的浪花不斷打在他身上。這段話他嘴裡說出的瞬間，立刻隨著海風飛走了。字字句句滾落海面後，就像真實的物體般碎成片片段段，被海浪捲向遠方。

第一次聽到天竺這個字眼時，親王感到全身傳遍一種觸電般的酥麻。那是在他才七八歲的時候。那段日子，每晚都把「天竺」這個春藥般的字眼吹進他耳中的，不是別人，正是他父親平城天皇的寵妃藤原藥子[10]。

平城天皇還是安殿太子的時候，藥子就已緊緊地抓住了年輕太子的心。因為她跟她的女兒都是宮裡的女官，經常有機會進出東宮。後來太子即位成為平城天皇，藥子完全不顧自己是有夫之婦，反而更加毫無顧忌地展示她跟天皇的親密關係。對藥子來說，那段日子真是她人生中最得意的時期。她每天來去匆匆在皇宮與別墅之間的路上奔忙，每晚都與天皇同床共枕。儘管社會輿論都指責藥子迷惑君王，但她可不是會被醜聞嚇倒的

10 藤原藥子（出生年不詳—西元八一〇年）：日本平安初期的女官，與藤原繩主結婚後生下三男二女，長女後來進入當時皇太子安殿親王的後宮，藥子也同時成為東宮的女官，並與安殿親王發生戀情。桓武天皇知道後大怒，將藥子逐出東宮。桓武天皇駕崩後，安殿親王即位成為平城天皇，再度將藥子召回宮中。藥子從此開始介入政治，與她的哥哥藤原仲成聯手干政。後來平城天皇因病讓位給神野親王，即位後成為嵯峨天皇。平城天皇退位後成為上皇，移居平城京，但藥子與仲成卻在暗中謀畫，企圖讓平城上皇復位。她的計畫最後以失敗告終，在逃亡途中被迫服毒自盡，這次政變在歷史上被稱為「藥子之變」。

女人。天皇這時三十二歲，正是男人精力充沛的年紀，藥子究竟多少歲呢？從來沒有人知道。但她當初把大女兒送進東宮，就是為了獻給太子。由此推算，她既然已經有個妙齡的女兒，當然就比天皇年長。只是，年齡在藥子身上從來不曾留下任何痕跡，她的容顏總是那麼妖豔，始終保持著往日的嬌媚。事實上，這種現象的背後隱藏著某種特別的理由，因為藥子就像她的名字代表的原意那樣，她對唐土傳來的藥物學和房中術[11]頗有研究，甚至還有個廣為流傳的謠言說她偷偷服用丹藥，還在暗中施行返老還童的法術。

「藥子」這個字眼，原本只是普通名詞，意思是指「宮裡專為天皇試毒的嘗膳官」。這個字眼之所以會變成人名，可能就是因為藥子這個人具備了成為「藥子」（嘗膳官）的特殊才能吧？事實上，古代有一部本草學的古籍，叫做《大同類聚方》[12]，全書共有一百卷，這部典籍的編纂工作，就是在平城天皇的時代完成的。不過令人意外的是，很少人聽過這部典籍。而在當時的權力鬥爭中，藥物學和毒藥學或許是必不可少的道具。所以說，「藥子」在當時應該是個頗有時代象徵性的名字。

平城天皇十分鍾愛當時才八歲的高丘親王，平時只要有機會，他就帶著年幼的兒子和藥子一起遊山玩水，不然就是在宮裡或別墅裡舉行宴會。親王常常瞞著母親，跟父親一起到藥子的別墅去玩，也經常跟父親一起在那裡過夜。藥子從不向孩子露出親暱討好的態度，但她天生擁有一種吸引孩童的特質，能讓孩子覺得她像個可以分享祕密的同伴。這種類似共犯之間才有的坦誠與親近，幫助她迅速跟親王拉近了關係。每當平城天皇因政務繁忙拋下她獨守空閨的夜晚，藥子甚至主動哄著親王入睡。年幼的親王聽著藥子講述的睡前故事，一面在腦中編織各種童稚的夢想。

「大海對面那個跟日本遙遙相望的國家叫什麼名字？殿下，您知道嗎？」

「高麗。」

11 房中術：中國自古流傳的一種養生術，也是中國古代的性科學，主要內容包括與性有關的常識、性技巧、性功能障礙治療、受孕術等。但房中術研究的內容並不局限於性，而是把性與氣功、養生結合在一起，藉此追求長生不老、延年益壽等目標。

12 《大同類聚方》：日本現存最早的醫書，於平安時代初期，由平城天皇命令安倍真直與出雲廣貞編纂而成，其中蒐集的八百零八種處方，是由各地神社與豪族提供。

「對。那高麗對面的國家呢？」

「唐土。」

「對，唐土也叫做『震旦』唷。那唐土的對面呢？」

「不知道。」

「這也不知道啊？我跟您說吧，在那遙遠的地方，有個國家叫做天竺。」

「天竺？」

「對，就是佛祖釋迦牟尼誕生的國家。在天竺那個地方啊，山野裡有我們從沒見過的鳥獸在四處活躍，庭院裡有罕見的花草樹木在競相爭豔。天空裡還有天人[13]飛來飛去。而且不只這些喔。天竺那地方啊，任何事物都跟我們這個世界相反。我們的白天就是天竺的黑夜。我們的夏天就是天竺的冬天。我們的上面則是天竺的下面。我們的男人則是天竺的女人。天竺的河流都朝著水源方向奔流。天竺的山峰像個大洞凹下地面。哎唷，您看怎麼樣？殿下，您能想像一個這麼奇異的世界嗎？」

說著，藥子拉開真絲的衣襟，露出半邊乳房，將親王的手放在乳房上。不知從什麼時候起，這個動作已經變成了習慣。接著，藥子臉上露出挑逗的微笑，手慢慢地伸向親王的兩腿之間，用自己的手掌握住孩子的兩顆小球，像在玩弄鈴鐺似的揉搓著掌心裡的東西。親王承受著幾乎令他窒息的暈麻，卻始終沉默著不發一語，任由藥子隨意擺弄自己。如果這不是藥子，而是宮裡多得數不清的某個女官，向來就有潔癖的親王肯定會厭惡得全身發抖，立刻冷冰冰地推開那個女人吧。但是親王對藥子完全沒有這種反應，主要因為她的行為沒讓親王感到一絲狐媚或齷齪。所以親王才會欣然接受藥子的行為。

「殿下，您將來長大之後，會坐船到天竺去吧？應該會吧？我知道您一定會去天竺的。因為我能看到未來。不過那時我應該早就死去，已經不在這個世界上了吧。」

「為什麼？」

13 天人：指佛教中住在諸天界的「有情眾生」。「有情眾生」指一切有心識，有感情，有見聞覺知的生命體。「天界」是輪迴中的六道之一，佛教認為，一個人活著的時候如果能夠行善，死後就能升至天界享受快樂。

「這個嘛，我也不知道為什麼，反正我心裡有一面鏡子可以映出未來，那面鏡子也告訴我，我的死期不遠了。」

「可是藥子還很年輕啊。」

「殿下說話真討人歡喜。不過啊，我並不害怕死去。等我經過三界四生[14]幾番輪迴之後，下輩子我已經厭倦變成人類了，下次投胎的時候，我希望能夠卵生。」

「卵生？」

「對，就像鳥類、蛇類那樣，從蛋裡生出來。那會很有趣吧？」

說到這裡，藥子突然站起來，伸手從枕畔的櫃子裡拿出一個發亮的東西，朝向昏暗的庭院拋出去。她邊拋邊還像唱歌似的念道：

「去吧，飛到天竺去啊。」

親王看到那奇妙的動作，不禁充滿好奇，眼中閃出光輝。

「什麼啊？妳拋了什麼東西出去？快，告訴我吧。」

藥子若無其事地笑著說：

「那東西飛到天竺、在森林裡接受月光照耀五十多年之後，我就會變成一隻鳥，從裡頭生出來。」

親王聽完仍然滿腹疑惑。

「可是那個發亮的東西是什麼？藥子剛才拋出去的那個發亮的東西。」

「哎唷，究竟是什麼呢？可以叫做還沒生出我來的卵吧？或者說，因為是藥子的卵，就叫做『藥卵』吧？反正是一種不知該叫什麼的東西。殿下，這樣的東西，在世界上也是存在的。」

藥子當時的身影就像剪影似的，深深地刻印在親王的記憶裡。月光照耀下，那個佇立在竹蓆上的女人倩影朝向庭院拋出一個亮晶晶的小東西。他不知道那個發亮的小東西

14　三界四生：佛教用語。「三界」即欲界、色界、無色界，也就是眾生生死輪迴的世界。「四生」指世間有情眾生的四種出生方式，即胎生、卵生、溼生、化生。「胎生」指出生前裹藏在「胎藏」中，然後破胎藏出生，譬如哺乳類動物。「卵生」指出生前在卵中生長，然後破殼出生，譬如雞、鴨等。「溼生」指由溼氣成形，在溼處出生，譬如蚊、蛾、蟲等。「化生」指無所依託，突然自然生化而成，譬如天人，地獄眾生等。

究竟是什麼。但也因為搞不清，留在記憶裡的印象才會漸漸散放出神祕的光輝，並隨著歲月的增長，在他腦中像寶石般被磨得越來越亮。多年後回想起來，他甚至懷疑那景象的真實性，當時是否真的看過那個身影？會不會是自己記錯了？不過，畢竟還是應該相信自己真的看到了吧。因為每次想起這件事，親王總覺得，如果不是事實的話，腦中怎麼可能浮起如此鮮明的影像？

藥子那段話聽起來像個啞謎，但是到了四年後的大同五年秋天，國內突然發生叛亂，支持上皇的派系跟天皇的派系彼此相持不下，親王聽到藥子在這場叛亂中丟了性命時，他才豁然大悟。平城天皇這時已經成為上皇。就在兩個派系的鬥爭中，藥子跟隨上皇坐上同一輛轎子，從他們居住的奈良仙洞御所出發，沿著川口道向東前進。但是道路前方已被嵯峨天皇的軍隊擋住去路，上皇不得已，只好折返御所，留下藥子孤單一人在添上郡越田村路邊的民宅裡服毒自盡。這種死法雖然草率，但是對號稱毒藥專家的藥子來說，也算得上是名至實歸吧？據後世學者推測，藥子事先準備用來自殺的毒藥，應該是從草烏頭當中提煉出來的附子，也就是烏頭鹼，不過事實究竟如何，事後誰也無法判斷了。

早在這場政變之前，高丘親王已被嵯峨天皇立為皇太子。不過大家很快就看到了政變的結果。藥子死後的第二天，親王立即被剝奪皇太子的地位，而親自種下紛爭惡果的平城上皇，也理所當然地只好以削髮出家的方式贖罪。親王原本沒有任何罪責，卻因身為上皇之子這個理由，從皇太子的身分貶為沒有品級的親王。也正因為他並沒犯下任何過錯，更令人為他感到冤枉，社會大眾也對他採取同情的態度。但事實上，親王當時才剛滿十二歲，廢太子這件事對他來說並沒造成什麼影響，反倒是藥子突然從這個世界消失，就像天竺給他帶來的甜美印象和滿天燦星都在瞬間幻滅了似的，在他心底留下一個空虛的大洞。

政變之後大約過了十年，剛滿二十歲的親王突然決定剃度出家，追求佛法。不可否認，幼時聽到藥子所描述的天竺形象，應該對他嚮往佛法的動機產生了若干影響。另一方面，世間似乎單純地認為，親王是受到藥子之變牽連被剝奪了皇太子的地位，也就是說，他是因為宮廷鬥爭帶來政治挫折與疏離而感到失意，所以才像他的侄子在原業平[15]耽溺色道修行那樣，把全副心思都傾注於佛法修行。然而，光憑這個理由，似乎無法解釋親王終生都義無反顧地把天竺當成人生唯一目標的獨特佛教觀。或許他這種觀念，是因為自己對佛教的認知裡凝聚了「異國風情」的原始意義。「異國風情」這個字眼的直接含意，原本就是「對外來事物有興趣」。的確，佛教從飛鳥時代以來，幾乎可說是嶄新舶來文化的代稱，跟佛教有關的一切，都很自然地擁有一圈「異國風情」的光環，而對親王來說，佛教所擁有的，不僅是一圈光環，佛教更像一塊純金的金塊，連內部也密密地塞滿了「異國風情」。佛教的構造就像洋蔥，內部的核心是天竺，「異國風情」則像一層層洋蔥皮，怎麼剝都剝不完。

十五年前，早已盛名遠播的空海上人[16]從大唐返國後，在弘仁十三年，建造了東大寺的真言院灌頂堂。也就是從那時起，親王開始追隨上人修習佛法。當時二十四歲的親王對天竺一向深懷好感，真言密教又是當時最時興的教派，所以他主動表示想向密教導師習佛，也可說是理所當然的結果。後來，親王就在空海上人建造的灌頂堂接受兩部灌頂[17]，成為一位阿闍梨[18]，名列上人的高徒之一。上人入定後的四十九日法會上，親王跟其他五位高徒一起恭送遺體到高野山後山的寺院。這時親王三十七歲。總之，這個故事並不是為親王寫年譜，所以就不必記載得太詳盡，不過，除了上述那些事蹟外，還有一件事值得特別介紹，那就是親王曾經負責重修東大寺的大佛。齊衡二年五月，大佛的頭部因地震而摔落地面，天皇立即命令親王跟藤原良相[19]擔任東大寺大佛司檢校，他們總

---

15 在原業平（八二五—八八〇）：平安時代初期的貴族、歌人，父親是平城天皇的第一皇子阿保親王。「藥子之變」後遭貶為平民。相傳平安初期完成的和歌物語集《伊勢物語》當中有些故事的主角就是在原業平。《伊勢物語》的內容主要是敘述各種類型的男女愛情故事，包括親子愛、主僕愛等。故此處說他「耽溺色道修行」。

16 空海上人（七七四—八三五）：日本佛教僧侶，跟隨遣唐使前往大唐習佛，在西安青龍寺向惠果上師學習真言密教，受賜法號遍照金剛。返日後創立日本的真言宗。

17 兩部灌頂：即「兩部合行灌頂」。「灌頂」是密教阿闍梨（上師）允諾傳授弟子佛法時舉行的一種儀式。「兩部」指密教的金剛界與胎藏界二大法門，如依金剛界之法修行，稱為金剛界灌頂，依胎藏界之法修行，稱為胎藏界灌頂，兩部的灌頂儀式同時進行，稱為「兩部合行灌頂」，這種儀式是由日本天台密教上師最澄所創。

18 阿闍梨：梵語，即上師或導師之意。

19 藤原良相（八一三—八六七）：平安時代初期出身於藤原北家的貴族。

共花費了七年的時間，才終於完成了大佛的重建工程。貞觀三年三月，東大寺為大佛舉行了開眼法會，儀式十分壯觀，盛況空前的景象簡直無法用文字形容。這時親王六十三歲。

據說親王在京城裡除了東寺之外，也在京城東邊的山科和醍醐小栗栖住過，另外，京城西邊的西山西芳寺，北邊較遠處的丹後東舞鶴金剛院，也曾是親王隱居的場所。西芳寺後來雖然變成臨濟宗的寺院，但是在鎌倉時代以前，一直都是真言宗的寺院。另外也有證據顯示，親王在他父親平城天皇陵墓附近的一座大寺裡面當過住持。這座位於奈良佐紀村的寺院叫做超昇寺，親王經常從這裡出發去攀登高野山，或前往南河內、南大和等地的真言宗寺院旅遊。

或許因為親王喜歡離世隱居，不喜凡塵俗世，所以他的眾多別號當中，有個尊稱叫做「頭陀親王」。「頭陀」是指四處托缽流浪的苦行生活。其實像親王擁有這麼多別號的人，這個世界上實在非常少見。他的本名雖然叫做高丘親王，後世卻根據他的法名而稱呼他為「真如親王」或「真如法親王」。此外，也有人稱他禪師親王、親王禪師、入道無品親王、入唐三親王、池邊三君等。而更奇特的，則是某些人稱他為「蟄伏太子」。「蟄伏」似乎是暗示他的性格低調又優柔寡斷。這種外號真有趣！也因為他擁有這種性格，才能把古代日本的異國風情發揮到極致吧。

高丘親王的一生當中，有一項事蹟是我們不能忽略的。當時也是貞觀三年三月，大佛的開光儀式結束後，年過六旬的親王彷彿迫不及待般，立即上書天皇，請求朝廷頒發許可，讓他前往全國各地旅遊修行。親王在文書中寫道：「我出家四十多年，人生所剩時日已經不多，現在唯一的願望，就是踏遍各地山林，瞻仰令人屏棄雜念的聖蹟。」這篇文章收錄在《東寺要集》裡，我們現在重讀這篇文章，仍能深切體會親王期待在有生之年踏遍全國各地的那種迫切感。根據這篇文章記載，當時陪同親王上路的隨行人員包括從僧五名、沙彌三名、童子十名，以及從僧童子[20]各兩名。預定的路線包括山陰道、

20 從僧童子：「從僧」是追隨高僧的僧侶，「童子」是在貴人身邊伺候日常起居的少年。「從僧童子」即少年僧僕。

山陽道、南海道和西海道。不過，這項巡迴全國的修行計畫可能沒有付諸實行。他雖已提出遍訪全國的願望，卻在同一年的三月又重新上書天皇，懇求朝廷頒發敕令，准許他前往大唐。或許這時只在國內旅遊已經不能讓親王感到滿足了吧？

大佛開眼法會於貞觀三年三月舉行，法會結束後僅僅過了五個月，親王就在這年的八月九日這天，從難波津[21]搭上開往九州的船隻，順利抵達太宰府的鴻臚館。一切都發生在轉瞬之間，出國的相關工作進展得非常順利，這時親王應該一心只想著前往大唐，根本就把周遊全國的事情拋到腦後了吧？貞觀四年七月，之前交付唐朝通事張友信[22]負責建造的船隻造好了。親王立即率領僧俗六十人組成的團隊搭上這艘全新的木船啟航出發，目的地當然就是大唐。後來陪同親王前往天竺的僧侶安展，也在這個六十人組成的團隊裡。

木船首先駛到五島列島附近的遠值嘉島待命。等到順風吹來，這艘船才又重新乘風啟航，駛入驚濤駭浪的東海，一路向前駛去。九月七日，親王搭乘的船隻終於到達明州[23]的揚扇山。接著，一行人又從明州前往越州[24]，在那裡辦理入京許可。但沒想到這一等，就等了一年零八個月才拿到入京許可。貞觀六年五月二十一日，親王與隨從人員從洛陽進入長安城。由於大部分隨行人員已經先行返回日本，所以跟出發時比起來，親王身邊的隨行人數這時已經少了很多。根據《頭陀親王入唐略記》[25]記載，當時日本的留學僧圓載曾向唐懿宗上奏，報告親王抵達長安的消息，唐朝皇帝聽完親王的入唐經歷，也忍不住發出嘆息。

---

21 難波津：即今天的大阪港。

22 張友信：中國唐朝商人，西元八四七年跟隨日本入唐僧惠雲等人前往日本，在太宰府擔任大唐通事。「太宰府」位於今天的九州福岡縣，「通事」是律令制設於太宰府的一種職稱，即中國話與日本話的翻譯人員。有些史料把「張友信」寫為「張支信」。

23 明州：現在中國浙江寧波。

24 越州：現在中國浙江紹興。

25 《頭陀親王入唐略記》：頭陀親王（即高丘親王）前往大唐的真實記錄。作者是頭陀親王的隨從伊勢興房，內容從西元八六二年三月天皇批准頭陀親王出發寫起，一直記錄到從西元八六五年六月伊勢興房歸國為止，全文共約兩千字。這份文書不但是重要史料，也是珍貴的唐代航海資料。

令人驚訝的是，親王在五月到達長安之後，顧不得休息片刻，馬上就在夏末秋初拜託圓載協忙辦理前往天竺的手續。這時大家才發現，原來親王自始就把天竺當成最終目標。雖然他曾提出巡遊各地或入唐的想法，後來又在洛陽、長安短暫停留，其實這些都只是為了到達目的的布局動作。親王曾經表示，他在洛陽和長安曾向當地高僧多次求教，但無法獲得有關佛法真理的解答。他是出於無奈，才決定遠赴天竺求法。但這種說法顯然不是事實。親王的計畫並沒有那麼複雜，因為他一踏進長安城，就單刀直入切入主題，立刻著手辦理前往天竺的手續。

這一年的十月，親王拿到唐朝皇帝頒發的許可，馬上興沖沖地離開長安，抄近路直奔廣州。按照歷史學者杉本直治郎[26]的推論，高丘親王當時所走的路線應該是從長安南下，經由藍關，穿越秦嶺山脈的終南山之後到達漢水流域，然後以襄陽為出發點前進廣州。襄陽通往廣州有兩條路，一條經由虔州大庾嶺，一條經由郴州，親王應該是走這兩條當中的一條抵達廣州。長安到廣州的距離大約四千至五千華里（一華里約為五百公尺），親王的團隊大概是騎馬代步，前後在路上走了兩個多月，才到達目的地。陪同親王出發的人馬當中，安展當然是其中一員，圓覺應該也在隊伍裡。

他們到達廣州時，剛巧是東北季風即將結束的時期，眾人片刻不敢停留，立即乘船向南出發。啟航那天是貞觀七年正月二十七日。

船身駛過雷州半島和海南島之間的水道後，海水漸漸呈現藍中發黑的色澤，水質也變成糯米漿般的黏稠液體。而另一方面，大名鼎鼎的季風卻力道不足，船速好像變得越來越慢，幾乎不再向前移動。每天從早到晚，天空都是陰沉沉的，海面瀰漫著濃霧，彷彿垂著一層水氣的帷幕，完全遮擋住視線。更糟糕的是，天氣又溼又熱，每當夜幕低垂，濃稠的水面總是浮現點點星光，看起來就像無數的螢火蟲。聽說這東西叫做夜光藻[27]，在南國的海上看到牠們並不稀奇。不過親王和他的隨從早已無聊得厭煩，所以這

---

26 杉本直治郎（一八九〇—一九七三）：日本著名的歷史學者、東洋學者，專攻南海史、東西交流史。著有《真如親王傳研究——高丘親王傳考》。

27 夜光藻：也叫夜光蟲，是一種甲藻類單細胞生物，吃浮游生物維生。

些閃亮的小生物不僅給大家帶來視覺的樂趣，也讓他們的心靈獲得暫時的慰藉。

船上的時光真是沉悶極了！親王暗自慨嘆著，在船舷邊坐下。這時，他忽然想起，何不拿出從長安帶來的笛子吹上一曲呢？親王原本並不抱什麼希望，沒想到這笛子的聲音居然非常嘹亮。笛聲的旋律飄過船舷、流向大海，像煙霧似的向四方擴散。不久，只見水面的某處突然冒出一堆泡沫，接著，一個不知道是什麼的光頭動物「咻」地從水底冒出腦袋。看來牠似乎是被笛聲吸引來的。親王還沒發覺周圍的動靜，但是跟他一起站在舷邊的安展立刻看到水裡的生物，便向船長報告了這件事。船長往水裡看了一眼說：

「啊，那是儒艮。這附近海域經常可以看到。」

船上的水手這時早已無聊得發慌，大夥便合力撈起那隻全身粉紅的儒艮，放在甲板上，先餵了些船長提供的肉桂糕，還給牠喝了點酒。吃飽喝足之後，儒艮好像很滿足似的開始打瞌睡。沒多久，一顆狀似彩虹肥皂泡的大便從牠的肛門飛出來，接著，又飛出來一顆，一顆接著一顆，在空中輕飄飄地飛來飛去，然後又一顆一顆地裂開，失去了蹤影。

秋丸似乎非常喜歡這隻儒艮，他走到親王面前小心翼翼地懇求說：「請您允許這隻儒艮留在船上吧。我一定負責照顧牠。」親王笑著答應了。從此，儒艮便堂而皇之地跟隨船上的眾人同寢共食。

一天，安展暗中看到秋丸表情嚴肅地坐在繩索上，儒艮趴在他的面前不停地拍打著一對巨大的鰭肢。秋丸正一字一句咬著舌頭從嘴裡吐出一段話語，似乎是在教儒艮說話。

「索——不，阿結梅托，尼——」

安展看這情形，差點發出笑聲。他回過頭，剛好看到圓覺走過來，便對圓覺說：

「他說的不是大唐話呢。是哪個蠻族的語言啊？」

安展也悄聲答道：

「嗯。我剛才也發現了。我猜，大概是烏蠻[28]的語言吧？」

---

28 烏蠻：古代居住在中國西南部的少數民族。唐朝的時候分布在現在的雲南、四川南部、貴州西部等地，曾經建立南詔國。

「烏蠻？」

「嗯，就是住在雲南內陸的羅羅人[29]啦。對了，秋丸那張扁扁的圓臉，多少也令人聯想到羅羅人吧？」

更驚人的是，不知是否因為秋丸親力親為的語言教學法有了成效，大約經過十天之後，儒艮竟開始說話了。雖然只是模仿單詞的發音，但是一聽就知道牠說的是人類的語言。當然，那是除了秋丸以外，其他人都聽不懂的外國話，但是以牠動物之身，卻能發出狀似人話的聲音，也算是很了不起。親王聽說後非常高興，他覺得這是一種吉兆。

也是從這時起，原本不見蹤影的海風突然猛烈地吹起來，他們的木船忽地開始在海上火速前進。這場風暴真是驚人，一吹起來就沒完沒了，日以繼夜地撲天蓋地而來，船上的眾人越來越害怕，都忍不住暗中瑟瑟發抖，他們這時才意識到，真正的大風暴已然成形。接下來的十幾天，狂風始終不曾停歇。渺小的船身除了隨風漂向南方，幾乎沒有任何辦法。眾人也忍不住懷疑，說不定他們這艘船早就漂過交州了吧？老實說，船身到現在都還沒沉到海底，就該謝天謝地了。大家這時也只能懷著祈求的心情躲在船艙裡，不管這船身漂到哪裡，大家唯一的期望，就是快點看到陸地出現在眼前。而奇怪的是，親王跟隨從都因為暈船而奄奄一息，秋丸和儒艮卻不知為何一點也不受影響。

不久，狂風終於停了，雲層之間露出久違的藍天。算起來，他們已在狂風中向南漂流了十幾天，根本弄不清自己被吹到了哪裡。就在這時，負責瞭望的水手突然在桅杆上方高聲喊道：

「看到陸地啦！」

一聽這話，原本垂頭喪氣的一群人都像打了興奮劑似的，頓時活躍起來，大夥紛紛跑到甲板上，專注地瞭望遠方海上隱約浮現的島嶼身影。不，與其說是島嶼，不如說是一道向左右兩側無限延伸的漫長海岸，海邊全被濃郁的綠蔭覆蓋，一望即知，那裡有一片廣闊的陸地。

「這是哪裡呢？好像是在交州南方很遠的地方。」

29　羅羅人：元朝與明朝把「烏蠻」稱為「羅羅」。

「絕對不是交州，這裡大概是越人居住的日南郡象林縣，或是最近才被人取名為『占城[30]』的一個地方。哎唷哎唷，我們被吹到一個做夢都想不到的地方了。」

「占城這個地名啊，應該跟《維摩經》[31]裡提到的一種植物『瞻蔔[32]』有關吧？這種樹的花香能飄得很遠很遠，金翅鳥[33]聞到它的花香，就被吸引而來。它的梵語名字叫做『詹巴嘎』。」

「不愧是圓覺，對經典真是瞭如指掌。我猜這附近一定有很多瞻蔔樹，樹上開滿了花香四溢的金色花朵。來！我們去瞧瞧。前面那片陸地長滿了叫不出名字的熱帶植物，就連海邊都長得密密麻麻的。來呀，一起上岸去吧。」

說著，船身幾乎要擱淺似的被海潮推向岸邊。只見海岸上遍植紅樹林，樹根交纏糾結在一起。木船順勢衝上海灘後，一股濃郁蔥鬱的植物氣味猛然鑽進鼻中。是大夥幾十天都不曾聞到的氣息。眾人連吸好幾口空氣，這才覺得身體恢復了力氣，於是所有人準備上岸。儒艮也搖頭晃腦地踏著鰭肢逕自向前走，一副勢必要跟眾人一起上岸的模樣。

茂密的紅樹林裡，一條狀似曾經有人走過的小路呈現在眾人眼前，於是他們踏過滿地繁茂的蕨類植物和樹根，在昏暗的樹叢中摸索前進。沒多久，大家感到眼前一亮，只見前方突然出現一片廣闊的原野，地面全被枯草覆蓋。不僅如此，草原上還有人類。

那些人大概是住在附近地的越人[34]吧？只見四五個男人圍坐成一圈，一面興奮地談笑，一面忙碌地吃喝，仔細打量才發現，他們都是直接從手抓起魚片或肉塊塞進嘴裡，然後狼吞虎嚥地大嚼起來，邊吃邊還把吸管插進小陶碗裡，用鼻子吸食碗裡的液體。更稀奇的是，所有在場的男人都做著同樣的動作。親王一直躲在草原的暗處觀察著那些人，這時，他忍不住低聲說道：

---

30 占城：由東南亞民族的占族人於公元二世紀在今天的越南建立的古國。越南語叫做占婆。

31 《維摩經》：大乘佛教的經典之一，也稱《不可思議解脫經》。傳說原有七種漢文譯本，現在只剩其中三個版本流傳於世：三國時代的譯經者支謙翻譯的《維摩詰經》、東晉高僧鳩摩羅什翻譯的《維摩詰所說經》、唐朝高僧玄奘翻譯的《說無垢稱經》。

32 蟾蔔：梔子花的別名。

33 金翅鳥：印度語叫做迦樓羅，是古印度神話傳說裡的一種巨型神鳥，也是印度教的三大主神之一。

34 越人：即中國古籍中的百越，是南方沿海一帶諸族的泛稱。越人在上古時期居住在中國長江以南至越南北部地區，其中分為許多不同的種性，因此稱為「百越」。

「多奇怪的動作呀。圓覺，他們在做什麼啊？」

「我也是第一次看到呢。那可能就是傳說中叫做『鼻飲』的一種越人習俗吧，。據說越人覺得一定要像那樣，用鼻子吸食酒水，才能嘗出無法形容的美妙滋味呢。」

這時，躲在草叢深處的親王一不小心，放了個音量極高的響屁，幾個正在忙著吃喝的男人立即同時轉頭望向親王的方向。接著，他們便起身朝向親王這邊走來，嘴裡還大聲嚷著不知所云的當地方言。親王身邊的一群人頓時緊張起來。安展雖然向來自認能講各種語言，但他對這裡的方言卻是一竅不通，也不敢挺身充當翻譯，只能手足無措地站在圓覺身邊。

不過，那幾個男人根本懶得理會親王、安展和船長等人，他們的視線全都聚集在隊伍中最年輕的秋丸身上，每個男人眼中都散放著異樣的光輝。突然，其中一人走向前來，一把抱起秋丸後，立即轉身狂奔。秋丸拚命抗拒，使出全身力氣拳打腳踢，但男人的體型是他的兩倍，秋丸的反抗顯然沒有任何效果。眼看幾個男人就要把秋丸搶走了，安展心想，總不能這樣丟下不管吧，便領頭邁步追上去。

安展一向對自己的身手是很有自信的。從前年輕的時候，他的脾氣就很暴躁，經常跟人打架，後來還因為聲名狼藉被趕出寺院。他現在憑著這股信心，大步追上前去，然後一聲不響地抬起腳，往那個抱著秋丸的壯男背部踢過去。壯男腳下一個踉蹌，秋丸也跌倒在地。安展這一連串的動作幾乎在瞬間完成，男人的同伴根本來不及出手相助，於「砰」地一下應聲跌落地面。安展趕緊又用腦袋從正面撞向男人的胸口，那人當場仰面是都像嚇壞了似的倉皇逃走。儘管那幾個當地男人可能還會回來，但至少眼前已經看不到他們了。

秋丸依然保持摔倒在枯草上的姿勢，可能是受到極度的驚嚇，已經昏過去了。親王率先快步跑到秋丸的身邊，卻萬萬沒有想到，自己竟看到了不該看到的景象。原來，秋丸的衣服從肩頭到胸口的部分已被撕裂，而在那裂縫之中，親王看到了明顯屬於女人的乳房。雖然算不上非常豐滿。

當天晚上，親王一行人只好在森林裡的空地露宿，等到大家都睡著之後，親王、安展和圓覺三人湊在野火邊一起商討對策。

「佛門弟子帶著女人出遊怎麼行呢？我們現在既已發現秋丸的真實身分，雖然對她感到憐憫，但我們還是叫她走吧。」

「其實我從頭就擔心她會變成我們的包袱。接下來前往天竺的路上，如果要走那條貫穿雲南的路線，沿途全都是危險地段，女人那樣弱不禁風的腿腳，根本一段也走不完的。」

親王始終沉默著聆聽兩人討論。聽到這裡，他覺得兩人已經說完了自己想說的話，便低聲笑道：

「不，這件事不必那麼在意。男的也好，女的也罷，都沒什麼分別。就像你們已經知道的，秋丸最初是個男的。他是到了這裡才變成女的。等到我們越來越接近天竺，說不定她那時又會變成男的吧？將來我們在路上還會遇到類似的奇蹟，你們若不事先做好心理準備，是無法到達天竺的。總之，我們看秋丸能走到哪裡，就把她帶到哪裡吧。這樣也沒什麼不方便的。」

親王說出的這番道理，安展和圓覺雖然不太能夠接受，但因為親王的身分尊貴，一言九鼎，兩人便覺得心中的疑問得到了解答，甚至還為自己先前竟因這種小事糾結而感到羞愧。

剛上岸沒多久，親王跟他的隨行並不覺得陸上有什麼特別，但在森林裡度過一夜之後，大家才深切地感覺出，這裡的天氣實在熱得可怕。這種令人失去活力的燠熱，在日本是很難想像的。天亮後，眾人從森林裡走出來，但是快到中午的時候，陽光越來越強烈，晒得肌膚像被針刺般疼痛，在這種狀況下，頭上沒有一頂斗笠遮住的話根本無法行走。於是眾人都鑽進莎草叢，各自用莎草編了一頂斗笠，戴在頭上繼續前進。秋丸不但給自己編了斗笠，也幫儒艮編了一頂。儒艮離開水之後，原本就已十分痛苦，現在又遇到這麼酷熱的天氣，身體一下子就變得極為虛弱，好在有秋丸在一旁扶著牠，這才勉強跟得上隊伍的速度。然而，到了當天下午，儒艮還是耗盡了全身力氣，不幸斷氣。臨死之前，儒艮口齒清晰地用人類的語言向秋丸說道：

「這段時光過得真愉快。現在到了要分別的時刻，我才終於學會這種語言，而且馬上就要跟這種語言一起離開了。不過，儒艮的生命雖已結束，靈魂卻會永遠留在這裡，不會消失。總之，在不久的將來，我們還會在南洋的海上重逢吧。」

說完這段謎語般的遺言後，儒艮靜靜地闔上了眼皮。大家看到這種情形，便一起動手在森林的角落挖了一個坑，非常隆重地埋葬了儒艮的遺體。三位僧侶還在墳前虔誠地為牠誦經默禱一番。親王想起當初儒艮從海底冒出水面時，自己正在吹笛子，於是他重新拿出笛子，打算吹奏幾曲，來為逝去的海中動物祈福。不久，笛聲像一道纖細冰冷的泉水，從熱帶森林的樹木之間悠然流過，響亮悅耳的樂聲不斷在林中迴盪激揚。

突然，一隻長相怪異的動物從森林裡跳出來嚷道：

「哎呀！吵死了。吵死了。我最討厭笛子的聲音了。好不容易睡個舒服的午覺，結果被這無聊的聲音吵醒。哎！好討厭！」

怪物的嘴裡發出一陣刺耳的尖叫，身體也忙碌地跳前跳後，走來走去。這東西究竟是什麼動物呢？仔細望去，牠的嘴巴像一根細長的管子，蓬鬆的尾毛看起來像一把扇子，四條毛茸茸的腿，既像穿著毛皮靴子，也像用草繩打著綁腿。尖嘴裡的長舌頭還時不時冒出來舔一舔。當牠焦躁地來回走動時，尾上的長毛就像和服裙褲的下襬，被牠拖著在地面掃來掃去，掀起陣陣旋風。

親王把笛子緩緩收進錦袋，臉上露出無法置信的表情說：

「圓覺，你應該知道吧？這個長相怪異的動物，究竟是什麼東西啊？」

圓覺抓著腦袋說：

「不，我實在不知道這東西是什麼。我只知道，牠是個超出想像的怪物，就連《山海經》裡面都沒提到。現在猛一看，牠好像能夠模仿人類說話，就讓我來問問牠，看牠到底是什麼東西。」

說完，圓覺向前走了一步，狠狠地瞪著那動物說：

「喂，你這怪物，親王在這裡吹笛子，你竟敢嫌棄笛聲太吵。真沒禮貌。既然你這麼無知，就讓我告訴你吧，這位貴人，原本是平城天皇第三皇子。多年前出家，法名叫做『傳燈修行賢大法師』，又稱『真如親王』。你若是也有名號，不必害怕，報上自己的名號來吧。」

怪物滿不在乎地回答：

「我是大食蟻獸。」

一聽這話，圓覺立刻氣得滿臉通紅說：

「不要亂講！你要嚴肅回答我的問題。這地方怎麼會有大食蟻獸？不可能的。」

說著，圓覺幾乎就要伸手抓住那怪物給牠幾拳，親王覺得不能再冷眼旁觀，趕緊勸解道：

「哎呀哎呀，圓覺，你也不必那麼生氣嘛。就算這裡有大食蟻獸，也沒什麼關係啊。」

圓覺彷彿在為自己辯解似的回答說：

「親王您是不知內情，才會輕易說出這種不負責任的話。那我也就不管自己是否會犯『時空錯置』的錯，向您直言不諱了。大食蟻獸這種動物啊，應該是從現在再過六百年之後，哥倫布搭船到達新大陸時才會被發現。既然如此，為什麼牠會現在出現在這裡呢？牠現在出現在這裡，不論在時間上或空間上來看，都是違背常理的事情吧？親王啊，請您明察。」

不料大食蟻獸這時卻插嘴說道：

「不對，你說錯了。你以為是哥倫布之類的傢伙發現了我們，才有我們這種動物的存在，這種說法簡直荒謬至極。你可別弄錯了。我們比人類更早開始生活在這塊土地。螞蟻能夠存活的地方，我們會活不下去？沒有這種道理吧？所以說，把我們的活動範圍限定在新大陸，應該是人類自以為是的主觀想法，不是嗎？」

圓覺也不肯退讓，便反問道：

「那我問你，你是什麼時候用什麼方法從新大陸跑到這裡來的？你要是答不出來，就表示你是假的。」

大食蟻獸不慌不忙地答道：

「我們這種動物最先是出現在新大陸的亞馬遜河流域，而從我們現在這個地方看來，那裡剛好是在地球的背面。」

「所以呢？」

「所以說，對那些新大陸的大食蟻獸來說，我們這裡就是牠們那裡的對蹠點[35]。」

「你說什麼？對蹠點？」

「沒錯。在地球的背面，也就是在我們腳底下面，有一種跟我們完全相同的動物，牠們的一切跟我們對應起來都是倒過來的，就像看到物體在水面的倒影那樣。這就是對蹠點。所以根本不需要爭論究竟誰先出現在這個世界上。您看，我們靠挖掘蟻塚，捕食螞蟻維生，而這裡就有很多很多蟻塚，跟新大陸那裡一樣。您覺得這表示什麼呢？從我們出生在這裡的那一刻起，這些蟻塚已經保障了我們的生存權，不是嗎？」

親王聽到這裡，走到圓覺與大食蟻獸之間說道：

「好啦。讓我來結束這場爭論吧。大食蟻獸說得也有道理。圓覺你就別生氣了。牠提到對蹠點，其實啊，我也是為了親眼目睹這個對蹠點，才會想到遠渡重洋前往天竺的計畫。所以說，我在這裡遇到大食蟻獸，也可以算是難得的幸運吧？對了，我記得你剛才提到蟻塚，這種東西，我還從沒見過呢。大食蟻獸，如果方便的話，可否帶我們去參觀一下？若能順便示範一下吃螞蟻，就更感激不盡了。」

大食蟻獸露出喜悅的神情，主動擔負起領隊的任務，一面搖擺著長長的身子，一面馬不停蹄地朝向森林深處走去。熱愛動物的秋丸高興極了，也趕緊跟著大食蟻獸前進。

大約走了一里路，前方的視野忽然變得十分開闊，只見地面聳立著許多圓錐形蟻塚，眾人看到這幅景象的瞬間，全都驚訝得說不出話來。因為大家都是有生以來第一次看到這種奇怪的東西，簡直不知如何形容。那些形狀像松果的物體，彷彿是從地下猛然鑽出，然後再以難以想像的比例，「咻」地一下，拉長、膨脹，筆直地聳向空中。人類必須抬頭仰望才能看清的這些物體，實在很難相信是由昆蟲建造的，如此宏偉的外觀，不免令人聯想這是當地的古代文明遺跡。

蟻塚的表面非常粗糙，親王不經意地伸手一摸，竟在人類伸手可及的位置摸到一個圓形物體。那東西鑲嵌在蟻塚的表面，看來很像綠色的石頭，表面閃亮光滑，大小跟桃

35 對蹠點：英語為「antipode」，俗稱「地球的背面」。也就是說，從地球上的某個點向地心出發，穿過地心後，抵達地球背面的另一點。這兩個點就是彼此的對蹠點。「蹠」是腳底的意思。

核差不多。既然摸到了，親王就很想知道它究竟是什麼。而這個疑問，只有大食蟻獸知道。這時大食蟻獸已用爪子在蟻塚的一角挖了個洞，並且把牠細長的嘴巴伸進洞裡，施展靈活的長舌頭捕食螞蟻。牠聽了親王提出的疑問後答道：

「根據我們祖先流傳下來的說法，不知是在什麼時候，那塊石頭突然有天就從大海對岸的國家飛過來，而且還來勢洶洶地擊中了蟻塚。從那時起，那塊石頭就像現在這樣嵌在蟻塚的表面。雖然有人想挖出它，卻怎麼挖都挖不出來。聽說那塊石頭是翡翠，每逢月光明亮的夜晚，它就像透明的寶石散放出光芒。石塊裡面隱約可見一隻鳥兒的身影。在月光的照耀下，那隻鳥兒吸收著月亮的光華，一天一天逐漸長大。有些人也曾表示擔心，認為鳥兒總有一天會戳破石塊的硬殼，從殼裡跳出來，然後拍著翅膀飛向彼岸的天空。到了那時，生存在我們的對蹠點的那些同類，恐怕就會消失得無影無蹤。這個傳說雖然不太合理，卻一直流傳至今。」

聽完這段傳說，親王內心深受震撼，但他臉上卻裝出若無其事的表情，轉臉看著通曉曆法的圓覺問道：

「下次滿月是什麼時候？」

「現在上弦月已經越來越圓了，我想大概就在兩三天之後吧。」

後來，那個滿月的夜晚終於降臨。這天晚上，親王躺在臥榻上裝睡，等他確認眾人都已熟睡後，便悄悄爬起來，獨自踏過草地走進森林，最後走到蟻塚前面。月亮正在夜空緩緩升起，一座座蟻塚正在月亮下方展示黑影幢幢的偉姿，比在白天的陽光下看起來更顯詭異。

親王屏息靜待了大約一小時，月亮終於升到夜空的中央。月光照耀下，蟻塚顯得更加明亮，連那個嵌在蟻塚表面的小石頭都能看得一清二楚。不，不僅是看得很清楚，而是那塊石頭正在放射耀眼的光芒，令他根本無法移開視線。親王直愣愣地望著那塊石頭。他看到裡面有一隻鳥。光焰正從石頭內部不斷向外噴發，他看得十分清晰，那隻被光焰包圍的鳥兒，正要啄破石殼振翅高飛。

這瞬間，親王的腦中突然浮起一個念頭，連他自己都覺得很突兀。多奇怪的想法！他甚至無法理解這種想法怎麼會出現在自己的腦中。因為他竟然暗自假設，如果自己在鳥兒啄破石殼之前，先把這塊石頭用力擲向日本，那麼，時光是否就會迅速倒流？昔日的情景是否又會重新出現在自己的眼前？這種假設真是夠荒唐的。但不可否認的是，他在這一刻會產生這種想法，肯定是因為他想起了六十年前藥子的身影，也就是那個記憶中的身影，那個女人曾把一個不知名的發光物體投向昏暗庭院。

「去啊！飛到天竺去吧。」當時藥子所說的話，現在像音樂般在親王的耳中迴響。

親王正在心底跟誘惑交戰。他並非不想看到鳥兒從石頭裡飛出去的景象，而另一方面，他也非常希望鳥兒一直被關在石頭裡，好讓他不斷沉浸在往日的甜美時光。也就是說，他心裡還抱著僅有的一絲期望，若是把石頭拋向日本，或許時光就會倒流，他就能跟心中思念的藥子重逢。思前想後，親王最後還是被誘惑打敗了。他挺直背脊，手伸向粗糙的蟻塚表面，想把頭頂上方那塊亮晶晶的石頭用力摳下來。不料，「砰」地一聲，石頭竟輕易地掉了下來。當它落地的瞬間，表面的光芒消失，那塊石頭變成了普通的石頭。

這天晚上，親王神情沮喪地回到眾人身邊。當晚的事情一直被他藏在心底，沒有跟任何人提起過。後來，有一天，親王在眾人面前無意中提到大食蟻獸，誰知安展、圓覺和秋丸都露出一臉茫然的表情。親王看到他們的反應，再次感覺自己當時一定是中邪了。像大食蟻獸那樣的動物，應該從來都沒人遇到過吧？

蘭房

元朝有個人叫做周達觀[36]，元成宗[37]曾命他跟隨元朝使節前往真臘（柬埔寨），在當地居住了大約一年。周達觀回國後把他在真臘的見聞記錄下來，寫成《真臘風土記》[38]。據書中記載，真臘的沿海共有幾十個港口，但除了其中一個港口之外，「其他

36 周達觀（一二六六—一三四六）：元代地理學家，旅行家。西元一二九五年奉命伴隨使節團前往真臘（現在的柬埔寨），在海上航行三個月後，抵達真臘國首都吳哥。之後在當地逗留約一年，於西元一二九七年回國。

37 元成宗（一二五六—一三〇七）：元世祖忽必烈之孫。元朝第二位皇帝。

38 《真臘風土記》：介紹古國真臘歷史文化的一部古籍，由周達觀根據自己在真臘國的見聞寫成。書中記錄了當地山川草木、城郭宮室、風俗信仰與工農業貿易等，對於現代研究真臘與吳哥窟有相當重要的影響力。

的岸邊全都是淺灘，大船根本無法通過。從海上望向海岸，只能看到老藤古樹。白色的蘆葦，黃色的沙灘，匆忙間很難辨認，因此船員都認為尋找港口是很困難的任務[39]。高丘親王一行人乘船靠近真臘沿岸的時間，雖然比周達觀的時代早了四百年，但是當時的海岸狀況應該跟周達觀看到的一樣。可以想見，親王搭乘的木船闖進湄公河三角洲之後，船身曾在漫無邊際的茂密蘆荻叢裡來回漂蕩，船上的眾人肯定都因為摸不清東南西北又誤入迷宮而焦慮不安。所幸，這時剛好碰到漲水期，湄公河的水位高漲，河水正以澎湃洶湧的水勢倒流灌進相連的支流。親王的船於是從大海順勢逆流而上，一路朝向北方漂去。大約航行十幾天後，大家突然發現，船身竟已駛到了內陸的深處，前方出現一個面積極為廣闊的大湖，周達觀叫它做「淡洋」，當地的方言則稱之為「洞里薩湖[40]」。

「這麼大的湖，真的從來都沒見過。大概有琵琶湖的好幾倍大吧？」

「琵琶湖怎麼能比，就連洞庭大湖也比不上啊。也因為現在下雨，水位上升了，才看起來比平時更大吧？」

站在船舷的安展和圓覺都露出驚愕的表情，望著眼前這片浩瀚的汪洋。視線所及之處，盡是漫無邊際的湖水，水波閃耀著銀光，遠處的天空已跟湖面融為一體。四周只能看到湖水，順著船頭行進的方向望去，看不到山巒，也看不到森林。雖說真臘就在南方的盡頭，那裡的天空應該有鳥兒正在飛翔，水中應該也有魚群棲息，但是現在望向前方，卻看不到任何有生命的物體。難怪秋丸越看越覺得不安，畢竟他還只是個少年啊。

「親王，聽說前往天竺的路上必須翻山越嶺，可是我們怎麼還看不到山呢？」

親王笑著回答：

「你以為天竺那麼容易就能抵達啊？那你可就錯了。我們要翻越的那些山峰，必須再往北走才看得見。我們會先遇到水，必須越過水的世界，才能進入山區。這是必然的規律啊。」

---

39 此處原文為「其餘悉以沙淺故不通巨舟。然而彌望皆修藤古木，黃沙白葦，倉卒未易辨認，故舟人以尋港為難事。」

40 洞里薩湖：又名金邊湖，或譯為洞里湖，位於柬埔寨西部心臟地帶，是東南亞最大的淡水湖，屬於湄公河水系。

不久，船長發現前方出現了狀似沙洲的陸地，而且水邊長滿了又高又瘦的野生浮稻[41]，於是就請求親王准許船隻暫時靠岸。親王表示同意後，眾人決定在等候補給飲水和食物的這段時間，暫時先在岸邊住下。

剛才從船上望下去，幾乎只看到水面，因此大家以為這裡只是個人工小島，沒什麼特別之處，誰知等他們真正踏上地面才發現，此地的土質出人意料地堅實，而且陸地的面積十分遼闊，不論往哪個方向前進，都看不到盡頭。地上的水窪裡還有亂蹦亂跳的小魚。原來這裡是有動物的。親王領著秋丸邁步向前，走了一段路再回過頭，看到他們的船已經變得非常渺小，兩人便決定在附近的蘆葦叢旁邊找個適當的地點坐下來釣魚。此處的魚兒體型很大，簡直就像鯉魚變成的妖怪，大唐人稱這種魚做草魚。更有趣的是，他們只用蘆葦的葉子和草莖當做魚餌，魚竟然就上鉤了。

親王在秋丸的陪伴下，正在專心釣魚，不料，突然有艘小船靜悄悄地划到他們面前，接著就聽到一個男人的聲音從船上傳來：

「你們在做什麼呢？」

聽到那一口流利的大唐話，親王忍不住抬起頭，看到船上有個身材瘦小的男人，手裡抓著船槳，男人的臉上布滿皺紋，臉色像大唐的宦官那樣蠟黃。他的頭上戴著烏紗帽，身穿綠絲袍，看來似乎上了年紀，但他的真實年齡肯定要比年過六十的親王年輕很多。親王做夢也沒想到自己竟在這種人煙罕見的邊境，看到男人那身不該出現在這裡的華服，他不禁目瞪口呆，再三打量男人的臉孔，同時低聲答道：

「看了就知道吧？我們在釣魚啊。」

親王剛說完，男人立刻質疑親王的口音說：

「等一下，你的大唐話有點奇怪。雖然聽不出你說的是哪裡的方言，但你的發音裡混雜著奇怪的口音，應該不是這裡土生土長的大唐人吧？你究竟是哪國人？」

41　浮稻：一種深水稻，具有浮生在水中的特性。東南亞湄公河下游的浮稻能隨雨季洪水的水位升高，不斷拉長稻莖，最高可達六公尺。

「你猜對了，我不是大唐人。老實跟你說，我是從日本來的。」

「從日本來的？這麼說，你是日本人？真是驚人啊。我還是第一次看到日本人呢。有好多問題想向你請教。來，你可以搭我這條船唷。那位小哥也一起上來吧。」

秋丸並沒梳女孩的髮型，也沒有穿女孩的服裝，男人似乎理所當然地以為秋丸是個男孩。親王不由自主露出微笑，指著遠處的木船說：

「不必！你看那邊有一艘船，我的同伴都在船上等我呢。我不能不跟他們說一聲，就跟你到別的地方去。」

「哎呀，只要花一點點時間啦。我帶你們去一個有趣的地方。真的是千載難逢的機會唷，錯過今天的話，再等很久都看不到呢。」

「究竟是要到哪裡去？去看什麼東西呢？」

「去看闍耶跋摩一世[42]的後宮。從這裡順著人工河划到一里之外的地方，那裡有個人工水池，池裡有個小島，國王的後宮就在那個小島上。」

親王對真臘國的歷史不太清楚，現在聽到「闍耶跋摩一世」這個名字，腦中也想不起什麼具體形象。但他轉念一想，如果這位國王是佛教徒，而且掌握了某些關於天竺聖地的訊息，就算自己不能立刻拜見國王，但眼前這個男人若肯帶自己去拜訪國王的後宮，也不是一件壞事。親王正在暗自思索，男人似乎看穿了他的心思，便接著說道：

「以往的歷代國王始終無法統一真臘國，而首先完成統一大業的，就是這位闍耶跋摩一世。所以他不但被百姓奉為轉輪聖王[43]，大家還尊奉他是大自在天[44]的化身。今天剛好是這位偉大的國王歡度八十歲壽誕的日子，因此向一般民眾開放島上的後宮。但也不是誰都能進去的。若不是像我這種為朝廷做事的官員，是沒有資格進去的。而且就算有

---

42 闍耶跋摩一世（Jayavarman I）：柬埔寨真臘王國最偉大的統治者之一，在位時期大約是七世紀中葉。他曾向北擴張真臘的領土，勢力直達今天寮國境內的中上寮地區和萬象附近，以及泰國東北部。在他統治的末期（西元七一一年至七一六年），真臘國分裂為水真臘與陸真臘，統治範圍相當於今天的柬埔寨和寮國。

43 轉輪聖王：印度神話中傳說，當統一世界的君王出現時，天上就會出現一個旋轉的金輪，作為這位君王統治權力的證明。擁有這個旋轉金輪的人，將成為世界與整個宇宙的統治者。佛教與印度教都繼承了這個傳說。

44 大自在天：即溼婆神。與梵天神、毗濕奴神並稱印度教三大主神，是宇宙與毀滅之神。印度哲學中的「毀滅」含有「再生」之意，因此溼婆神也是轉化之神。大自在天在佛教裡是住在色界頂點的聖者，也是佛教護法之一，能夠自在變化，故稱為自在天。

資格，也必須出示合法的通行證才行。我剛好就有一枚正規的通行證，你們都可以跟我一起進宮。來，快上來吧，再磨蹭下去就要遲到了。」

親王有點猶豫，因為秋丸正在不斷向他使眼色，暗示他拒絕男人的邀請。其實親王也顧慮到安展和圓覺，如果丟下那兩人離去，他們肯定會為自己擔心吧？想到這裡，親王也覺得應該拒絕這個男人。但他猶豫了半天，終究還是無法抗拒天生的好奇心，於是就在男人的催促下，走上了小船。秋丸眼看親王上了船，也只好滿臉不情願地跟著上去。這艘船非常小，三個乘客就擠得船裡滿滿的。但是等男人熟練地搖起船槳後，小船就像滑行似的迅速向前移動。

出發沒多久，男人伸手從腳邊的頭陀袋[45]裡掏出一把貝殼說：

「你看，這些就是進入闍耶跋摩一世的後宮必備的通行證。我是溫州出生的大唐人。在這個國家裡，我只是個普通外國人。但我在宮裡工作過很長的時間，所以才能得到這些特別的賞賜。」

說著，男人還擠了一下眼睛，向親王露出微笑。親王轉眼打量他手裡的貝殼，原來都是種類相同的法螺貝。

小船在湖上滑行一段距離後，來到分流進入人工河的交界點。其實，與其說是人工河，應該更像一條小型運河。親王想起自己在唐土的時候，曾在安展和其他隨從陪同下，前去參拜過安徽泗州的普光王寺，那時他們就曾大老遠地趕到杭州，再從那裡沿著江南大運河北上。現在，親王又憶起了當時的情景。當然，這條人工河的規模不算很大，左右兩岸都被石塊堆成的堤防圍住，或許規模跟杭州或蘇州城裡的運河更接近吧？但跟那些城裡的運河不同的是，這條人工河的左右兩岸並沒有人家，也沒有料亭餐館，更沒有垂下枝梢的楊柳樹，唯一可以看到的，就是滿地從未修剪過的野生低矮植物。這種地方，當然看不到一個人影。石塊堆砌的堤防上密密地長滿青苔，有些部分的石塊已經崩塌，彷彿在幾百年前被人毀棄後就再也沒人打理。如果這條人工河是那位叫做闍耶跋摩一世的國王修建的，他究竟是出於什麼目的，在這種地方建造了這條人工河呢？親

45 頭陀袋：僧侶出外化緣時掛在肩上的布袋。

王越想越覺得無法理解，甚至開始懷疑這條人工河原本就是毫無意義的東西。

小船一路前進，最初只能看到岸上種著稀稀疏疏的樹木，慢慢地，那些植物的數量越來越多，甚至還可以看到茂密的棕櫚、檳榔樹和榕樹的氣根，以及扭曲成各種奇形怪狀的爬藤植物。大唐男人划槳的速度異常迅速，一眨眼工夫，小船好像到了很遠的地方。陽光下，親王看到河岸石堤上有一隻背部閃著金光的蜥蜴，像美術品似的一動也不動地趴在那裡；他還看到一隻像玻璃般透明的蝴蝶，緩緩拍著翅膀擦過水面，悠然飛向遠處。接著，在一根舉手可及的低枝上，親王看到一隻五彩羽毛的鸚鵡，嘴裡發出酷似人聲的鳴叫。一路上看到的，都是他在日本從沒見過的珍奇物種，充分地滿足了他的好奇心。不過，更讓親王感到有趣的，並不是這些屬於自然界的物種，而是人工的產物。小船穿過密林之後，兩岸的距離變得較為寬闊，親王突然發現岸邊一角的蕨類樹葉裡，隱藏著一根圓柱狀石雕，柱子上還雕刻著一張手工拙劣的圓臉。這是什麼東西呢？親王不禁暗自納悶，接著他又發現，這樣的石柱不只一根，而是在沿途以固定的距離彼此相隔，一路設置了許多相同的石柱。看來應該是為了某種目的而安置的祭品吧？這些圓柱形石雕的頂部呈圓球狀，圓臉浮雕都刻在石柱的中央部分。這麼怪異的東西，就算大唐也有，親王卻從來不曾看過。

親王忍不住向那默默划槳的大唐男人問道：

「那裡有些石頭，是什麼呢？」

「喔！那個啊？那東西叫做林伽[46]。」

大唐男人輕鬆地答道。

「林伽？」

「對，也難怪日本人不知道這東西。那是模仿大自在天的男根製作的石雕，中央部分的臉孔，就是大自在天的臉。在梵語裡，大自在天就是濕婆神的意思。大家認為這個國家的國王是溼婆神的化身，因此一般人都相信，國王的靈魂附在林伽上面。」

---

46 林伽：印度教某些教派所崇拜的男性生殖器像，象徵溼婆神。

親王以往並不瞭解男根崇拜，對這種信仰並沒有先入為主的想法，現在聽了大唐男人的說明，也不覺得有什麼值得大驚小怪的，當然更不可能聯想「淫祠邪教」之類的字眼。事實上，當他看到額上長著第三隻眼睛的溼婆神，不知為何，那張像孩童般圓滾滾的臉孔竟讓他感到不可思議的眷戀，嘴角忍不住浮起微笑。看啊！天竺已經近在眼前！好高興，我馬上就到天竺啦！興奮的感覺不斷從心底湧起，他不得不努力壓下高興大喊的衝動，轉眼看著秋丸說：

「怎麼樣，秋丸，這些唐土看不到的南國景色很有趣吧？你不妨仔細觀賞一下。不過那個刻在林伽上面的臉孔，我覺得跟你的臉很像呢。你覺得呢？」

親王平時很少說這種玩笑話，現在難得露出開心的表情，秋丸卻是滿臉委屈，就像要當場大哭似的說：

「哎呀，真是亂講。您別取笑我了。我現在害怕得要命，不知我們會被帶到哪裡去。等下回去以後，安展大人肯定會狠狠地罵我一頓，怪我沒拉住您，一想到這裡，我都快要嚇死了。」

「這種杞人憂天的事，可不像你的作風。你顧慮太多啦。」

親王不想被大唐男人聽見，故意壓低聲音說著。但在狹小的船艙裡，兩人雖然低聲交談，還是被男人聽得一清二楚。

「兩位不必擔心啦。我可不是人口販子，再說，我們現在要去的是後宮，那裡應該只需要年輕女孩，所以說，小哥你大可放心。」

聽了這話，秋丸仍把臉孔轉向一邊，好像還沒消氣。

人工河的水道蜿蜒曲折持續向前延伸，不知何時才能走到盡頭。小船很有規律地發出水聲，以固定的速度在兩岸的石堤間前進。周圍依然長滿茂密的植物，依然看不到一個人影。親王和秋丸坐在船尾，大唐男人緊貼著他們坐在對面。他背部對著船頭，專心一意地划著船槳，兩隻腳則撐在船身上，上半身不斷隨著兩臂的動作激烈地前後搖晃。那麼大幅度的晃動，不免令人擔心他頭上那頂奇怪的帽子會被甩進水裡。不過，帽子卻始終沒有掉下來。剛開始跟親王交談時，男人對日本人表現得那麼好奇，後來卻像忘了這件事似的，沒再提起有關日本的事情。大唐人的心思真是難猜，也不知這個男人到底想些什麼。只是，像這樣沉默無言地相對而坐，氣氛也實在太尷尬了，親王不得已，只好挖空心思，努力想些話題跟男人閒聊。

「我是二十五歲以後才出家的，出家以後，我一直過著不近女色的生活，但在那之前，我也曾經娶過老婆，還生了三個孩子。因為家父是日本的天皇，我接觸過無數女人，從嬪妃到女官、宮女，多得數不清。而且我從小就常常出入父親的後宮，如果我們只談日本的狀況，我覺得自己對那裡的後宮是很了解的。」

「原來如此。看您的人品儀表，我就猜您不是普通人，原來是日本天皇的皇子啊？這樣的話，我更願意為您帶路了。可惜我對日本後宮的情況不太了解，但是說起真臘國的後宮啊，那可是稱霸全世界的青樓，可供萬人在裡面自由享樂呢。」

「啊？你說什麼？」

「我說那裡是稱霸全世界的青樓。」

「為什麼這麼說呢？」

「剛才不是告訴您了？今天是偉大的國王慶祝八十壽誕的日子，所以國王才決定開放後宮給一般民眾利用。」

「這我已經聽說啦。」

「所以啊，『開放後宮』的意思就是說，我們一般老百姓也能跟國王一樣，成為後宮的主人。唯有今天這一整天，國王的後宮會變成接待一般百姓的青樓。」

「這樣啊。」

說完，親王顯得有點困惑，大唐男人看到他的表情，似乎發現自己剛才的解說不夠完整，便提高聲音說道：

「您好像不太相信的樣子，那我再為您簡單說明一下吧。真臘國的後宮聞名天下，一手打造這座後宮的人，就是闍耶跋摩一世。這位國王從年輕就是個荒淫君主，等他到了三十歲時，世上的普通女人已經不能讓他感到滿足，於是他派出使者，前往四周鄰國去物色珍奇女子。他聽過一個古老的傳說，據說從驃國（緬甸）到雲南的山區，也就是現在南詔國統治的山勢險峻地帶，住在那裡的某個民族裡，偶爾會生出單孔的女子，所以國王就派人去找這種舉世無雙的單孔女人。為什麼國王那麼想獲得單孔女人呢？因為從前天竺的婆羅門[47]提出的房中術理論當中，對於具備這種肉體特徵的女性給予了相當高的評價。我只能告訴您這些，其他的就隨您自由想像吧。至於我自己呢，我跟您一樣，從沒見過單孔女人，更沒跟這種女人發生過關係，所以我也只能靠想像猜測她們肉體上的優點。」

說到這裡，大唐男人第一次露出漆黑的牙齒笑了起來。接著，他又繼續說道：

「國王派出的官員曾經深入雲南內陸，遍訪羅羅人居住的山中村落，據說前後總共花費了十年的工夫，好不容易才在那些稱得上是祕境的地區找到了幾名單孔女人。那些女人全被關在島上的後宮裡，國王把這些女人叫做『陳家蘭』，她們就像寵物般被國王玩弄於股掌之中。之所以會取這名字，可能是因為她們都像蘭花一樣珍貴吧？其實我倒覺得這些女人更像鳥兒。總之啊，這些陳家蘭最初只有幾人，經過十年，人數增加了一倍，後來不知不覺就增加到了幾十人。猜想應該是利用類似改良家畜品種的某種方法，對這些女人進行飼養管理得到的成果吧？」

「不過，這種事，可能是真的嗎？」

親王覺得不可思議，忍不住低聲自語。大唐男人似乎非常不悅，提高聲音說道：

「可能不可能，我們現在去看看不就知道了？陳家蘭可是我心儀已久的對象。我暗中期待好久了，哪怕這輩子只有一次也好，我一定要在有生之年領受國王的恩賜，把陳家蘭擁入懷中。真的沒想到今天就要一償夙願了。馬上就可以扯掉那層祕密的面紗。我這輩子最大的心願就要達成啦。所以，請您不要再提這種質疑陳家蘭是否存在的意見！日本的後宮是什麼情況，我是不知道，但起碼在真臘國的後宮，今天陳家蘭在那麼多的嬪妃當中，早已形成一種頗具分量的階級。沒有人能夠否認她們的存在。」

說著，小船已經來到人工河的盡頭，船身開始緩緩地滑進廣闊的人工池。水池是四方形的，長寬大約各有四百公尺，池子中央有個用石塊跟泥土堆成的小島，島上樹蔭繁茂，幾乎全被綠葉覆蓋。綠蔭下方隱約可見建築物的白牆。親王雖然覺得不必再多問什

---

47 婆羅門：印度教種姓制度下的祭司。社會地位最高，主要職責為掌握神權、占卜禍福、壟斷文化教育、報導農時季節、主持王室的儀式與祭典。

麼，但為了安心，還是向男人問道：

「就是那個島？」

「就是那個島！」

男人的回答立即傳進親王的耳中，聲音裡充滿了確信。

「這座水池，還有這個小島，都是國王下令為收容陳家蘭而新建的。從王宮有一條小河筆直通向這座水池。這個國家的交通，主要都靠水路運輸，除了我們剛才走過的那條人工河之外，全國各地建造了四通八達的渠道，交織成一面交通網。」

親王心不在焉地聽著男人說明。這時，奇怪的現象出現了，親王忽然覺得睏得不得了。或許是因為船槳發出單調的划水聲，或許是水面反射出閃爍的光影，再加上小船持續地左搖右晃，也或許是由於這些現象都湊在了一起。經過一段漫長的時間之後，產生了催眠效果。親王就像被無法抗拒的睡魔拖著，一步一步陷入懶散放鬆的狀態，然後，他沉入短暫的夢境。

夢裡的親王也坐在船上。只是，這是一條搖櫓的小船，船上有個船夫負責搖櫓。船上的乘客只有親王跟藤原藥子兩個人，他們膝蓋抵著膝蓋，面對面坐在狹窄的船艙裡。既然是跟藥子坐在一起，夢裡的親王應該是回到七八歲的孩童時期吧？但如果真的是他七八歲的時候，為什麼父親平城天皇不在呢？現在回想起來，親王在七八歲的時候，的確曾跟父皇一起坐船到琵琶湖的竹生島[48]參拜，但是當時只有他跟父親，藥子那時應該不在船上。

「那次我沒有一起去。其實我很想去的，但我主動放棄了。親王，您知道是什麼原因嗎？」

「這種事我怎麼知道？」

「竹生島不准女人上去的，不是嗎？所以我才主動放棄了。可是今天就不要緊。瞧，親王，您看！」

48　竹生島：琵琶湖中的第二大島，是琵琶湖八景之一，也叫做神棲之島，自古就是信仰的對象。

說著，藥子露出嬌媚的笑容。親王定睛一看，才發現藥子不知何時已在船裡換成了男孩的裝扮，一頭長髮束成少年髮型，身上也換上男孩的水干[49]。而且這身裝扮竟然非常適合藥子，不僅讓她看來威風凜凜，更充滿一種無法形容的妖豔，完全看不出她已是年近四十的女人。若以這身打扮走進女子禁入的竹生島，不論島上神官的眼力多敏銳，也會被矇騙過去吧？想到這裡，親王不禁欣喜地露出微笑。

只是，這時親王的心底有個令他無法釋懷的疑問：為什麼在這裡看不到父親的身影呢？他從來不曾丟下父親，單獨跟藥子出遊，更不可能跟她一起到近江的竹生島這種遠離都城的地方。他雖然還是個孩子，心裡卻很清楚，父親跟藥子並不是單純的主僕關係，而且他也意識到，藥子是父親的女人。但現在父親不在身邊，自己卻跟藥子相處得非常愉快，這讓他覺得自己好像做了什麼見不得人的事情。即使跟藥子在一起什麼都沒做，他心裡也對父親懷著一種內疚。但另一方面，有生以來第一次跟男裝的藥子這樣面對面坐在小船裡，這種親暱的兩人出遊方式，當然也讓他非常欣喜，他甚至興奮得有點無法控制。

親王抬眼望向船頭前方，遠在天邊的竹生島漂浮在水面，島上覆滿濃密的綠蔭，看來就像環繞全島的斷崖上方戴著頂綠帽。親王想起從前好像在哪裡看過的跟這完全一樣的小島，但究竟是在哪裡，他卻想不起來了。喔，也難怪他想不起來。對於八歲左右的親王來說，除了漂浮在琵琶湖裡的那幾個大小島嶼之外，他也沒看過其他的小島。既然從沒見過，他又如何能想得起來呢？

小島東側有個面積狹窄的湖灣，除了這裡之外，小島的周圍全都是像屏風聳立的斷崖，乘客若要在竹生島上岸的話，只能把船駛向小島東側的湖灣。上岸之後，眼前立刻出現一道石階，不論要去島上的哪間寺院或神社，都得先登上這段石階。親王抓起藥子的手，並肩登上階梯。因為是在夢裡，親王才能三步併做兩步，輕輕鬆鬆地飛躍而上吧？他也因此品嘗到某種快感。

49 水干：平安時代的男性服裝，晴雨兩用，最初是貴族的日常服，後來在平安末期的繪卷裡可以看到，許多京城的庶民也開始穿水干。

登上石階的最頂端，前方有一條朝向湖面伸展的紅漆走廊，走廊旁邊有一座三層佛塔。至於現實中的竹生島上究竟有沒有這座三重塔？讀者不必過於追究。現在我們的重點是，親王夢中的竹生島，還有夢中的三重塔。這是一座長寬各約六公尺的四方形檜皮葺[50]三重塔。親王從下方抬頭仰望，屋頂上翹的曲線簡直美得令人窒息。親王專注地欣賞了一段時間，藥子便用力拉著他走進佛塔。

塔裡的光線十分昏暗，他們需要一點時間才能讓眼睛適應周圍的環境。沒多久，親王的視力恢復了。也就在這瞬間，他看到四面牆上浮現出色彩濃豔的淨土變相圖[51]，不由自主地發出一聲：「啊！」不知這些都是什麼時代的作品，但畫中的色彩仍然十分耀眼。畫面下方密密麻麻地畫著阿彌陀佛和眾位菩薩，但是最吸引親王注意力的，是在諸佛上方的天空裡，有個長著豐腴鳥身的女人。那個鳥身女人正在飛翔，全身的羽毛跟天人羽衣[52]完全不同，不論是翅膀還是翅膀上的羽毛，一看就是她自出生那一刻起，就已經長在身上的。親王的視線被吸引過去之後，眼裡就再也容不下其他東西了。

「那是什麼？」

親王用手指著那隻鳥低聲問道。

「那是迦陵頻伽[53]啊。」

「迦陵頻伽？」

「對，是一種住在天竺極樂世界的鳥兒。據說牠在蛋殼裡還沒孵化的時候，就能發出美妙的叫聲。這種鳥有張女人的臉孔，卻有鳥類的身體。」

「牠長得很像藥子呢。」

---

50 檜皮葺：用扁柏樹皮堆疊而成的屋頂，很早就出現在日本古代建築中，一般用於宮殿、神社或佛塔等高級建築物。

51 淨土變相圖：以淨土中的諸佛、菩薩、聖眾與各種莊嚴設施為主題的繪畫或雕刻，俗稱「淨土曼荼羅」。

52 天人羽衣：「羽衣」是傳說中天女所穿的服裝。「天女」指女性的「天人」，據說天女穿上羽衣之後就能騰空起飛，在空中飛舞。

53 迦陵頻伽：迦陵頻伽是梵語的音譯，意譯為「妙音鳥」，是佛教傳說裡的一種神鳥。外型為人頭鳥身，形似仙鶴，彩色羽毛，兩翅張開，兩腿細長，有很長的尾巴。據《阿彌陀經》記載，這種鳥住在極樂淨土，聲音很美，能誦佛經。

「哎唷，是嗎？」

親王說的沒錯，那是一張屬於天平美人[54]的臉孔，豐滿、溫婉又穩重，不能否認這張臉跟藥子的臉都具有共通的特徵。

從三重塔走出來的時候，四周已是一片黑暗。這裡位於全島最高的地點，向遠處眺望時，可以看到湖面。不，並不是「可以」，而是「應該可以」。但是今晚很不巧，是個沒有月亮的暗夜，所以兩人只能憑著模糊的感覺胡亂推測：「或許湖面就在那個方向吧？」這時，親王看到一隻金色鳥兒彷彿要在漆黑的湖面畫一條線似的，「咻」地一下，突然從低空擦過水面。親王最初以為自己看到了船上燃燒的漁火，但又覺得漁火不可能移動得那麼迅速，也不可能射出那麼耀眼的光芒。沒多久，親王又看到另一隻金鳥從反方向飛來，同樣也是擦過水面之後飛走了。金鳥飛過時，全身閃著金光，等牠的蹤影消失後，金光仍然殘留在親王的眼底。接著，鳥兒的數目增到三隻、四隻……這次牠們沒有立即飛走，而是各自在水面振翅戲水，看起來就像許多燦爛的星星正在飛舞。這幾隻鳥兒一定就是迦陵頻伽吧？親王暗自思量，他想看得更清楚一些，便單手搭在松樹上，探出身子向懸崖下方眺望。

「危險唷。親王、親王……」

親王覺得自己聽到藥子的聲音從身後傳來，但又同時覺得那可能不是藥子的聲音。

「親王、親王……」

小船裡，秋丸小心翼翼地呼喚著打瞌睡的親王。

「小島到了。請您起來吧。」

秋丸的呼聲喚醒了親王。睜開眼皮的瞬間，他突然想起，剛才在夢裡覺得那個形狀跟竹生島一樣的小島似乎在哪裡看過，難道就是這個小島嗎？然而，在那個自己變回七八歲的夢境裡，竟然重現六十多歲的自己剛剛經歷的遭遇，不是太奇怪了嗎？不過現在

---

54 天平美人：指日本天平時代的美女。「天平」是奈良時代聖武天皇的年號。這段時期也是奈良時代的全盛期，日本皇族與貴族經由遣唐使積極吸收大唐文化，聖武天皇興建的唐招提寺、東大寺、正倉院、法隆寺等都是天平文化的代表性建築。

靠近一看，這座小島一點都不像竹生島，整體地勢十分平坦，也沒看到刀削斧斬似的斷崖。島嶼的四周環繞著一圈砂岩地帶，碼頭前方建造了一座伸向碼頭的露台，露台上還有大蛇欄杆[55]做為裝飾。乘客上船時，都要經過露台的石階才能走下人工池。大唐男人動作靈巧地操著船槳，不偏不倚地把小船靠在露台邊。

親王站在不斷搖晃的船裡，打算跳上岸去，不料耳邊突然傳來男人尖銳的叫喊：

「小心一點唷！水池裡有很多鱷魚游來游去。別忘了，掉下去的話一定會送命的。」

親王低頭細看，果然看到渾濁的水下有幾隻巨大的爬蟲類交疊在一起，黑漆漆的腦袋不時貌出水面。秋丸忍不住低聲驚叫起來，身體急忙靠向親王。親王原本因為剛剛睡醒，腦中一片茫然，這下也完全驚醒了。

欄杆上的蛇形裝飾就像一條長長的大蛇，蛇脖彎得像撐開的摺扇，蛇頭高高向上翹起。三個人下了船，穿過露台之後開始向小島內部前進。首先出現在親王眼前的，是一群放養在四處的孔雀，看來整個小島都被打理成後宮的庭園。不過，那些孔雀究竟是野生還是放養，親王並不確定。因為路上看到的植物，都長得既高大又繁茂，完全看不出人工培育的痕跡。在那些繁茂的綠葉空隙裡，親王看到一座類似後宮的建築物，外牆上面密密麻麻地覆滿了爬藤植物，看起來實在不像有人住在裡面。然而，這地方若是沒人居住，怎麼會把孔雀養在這裡呢？另一方面，若此地專門幽禁後宮女子，為什麼看不到有人住在裡面，甚至連管理人員或守衛都沒有，這又該怎麼解釋呢？

穿過繁茂的蕨類植物，親王來到後宮的前方。他站在那裡，感覺心中的疑問越來越多。或許因為氣候極度潮溼，看似砂岩建造的屋柱和外壁表面，全都覆蓋著一層厚厚的地衣類和蘚苔類植物；榕樹的氣根則像觸手似的伸進石材的縫隙。整座建築物的表面，已被植物施展的恐怖力量弄出了裂痕。如果一直有人在此持續打理，這些植物應該不至於肆無忌憚地長成這種模樣吧？如果有人住在裡面，卻又放任植物長成這般無法收拾的狀態，究竟是基於什麼理由呢？接二連三的疑問不斷在親王的腦中升起，他想，乾脆問

55　大蛇欄杆：指大蛇形象的石雕作成扶手的欄杆。大蛇的形象在婆羅門教、印度教或佛教經典中經常出現，也是印度神話裡的蛇神，梵語叫做那伽。外型是一條巨蛇，有一顆或七顆頭，身長，無足，無角，喜歡財寶，有控制雨水的力量。

問那個在前面帶路的大唐男人吧？但這時男人彷彿想把剛才在路上因閒聊而浪費的時間追回來似的，頭也不回地急步向前，匆匆忙忙地登上後宮的階梯。

秋丸滿腹疑惑地瞪著男人的背影，低聲向親王說道：

「親王，他是不是腦袋有毛病啊？我剛才就覺得他怪怪的，真的好奇怪。這麼荒涼的地方，怎麼可能有人住啊？」

正面石階旁的外壁基石上方，裝飾著各種精緻的動物浮雕，包括大象、金翅鳥、烏龜等，大部分浮雕都風化腐蝕了，看起來很像幾百年前曾經輝煌一時的文明遺跡。但這些西洋式浮雕，不論在日本或唐土都是十分珍貴罕見的，親王頗感興趣地瀏覽著，一面和秋丸登上階梯，好不容易才追上了前面帶路的大唐男人。男人這時站在後宮的門前，神情緊張地向門內招呼。

門裡傳出男人的聲音，接著，「唰」地一下，半開的門扉裡忽然閃出一隻連眉毛都徹底花白的大白猿。男人向白猿畢恭畢敬地磕個頭，態度嚴謹地說道：

「本日欣逢闍耶跋摩一世陛下的八十壽誕，承蒙國王寬宏仁慈，恩澤廣披，臣張伯容才有幸來到這裡。臣早已耳聞陳家蘭的芳名，今日若能一親芳澤，將是畢生榮幸。」

說完，男人的手伸進隨身攜帶的頭陀袋，一陣翻找之後，掏出三個法螺貝交給白猿，又回頭看了親王和秋丸一眼，像要把這兩人介紹給白猿般說道：

「他們兩位，都是我的親人。」

白猿左看右看手裡的法螺貝，花了好長的時間仔細打量了一番，然後果斷地抬起頭，瞪著男人的臉孔說：

「這個不能用。不合規定，我不能收。」

聽到這話的瞬間，男人滿臉的狼狽，就連旁觀者看了都覺得他很可憐。他的兩手不住地顫抖著，嘴裡結結巴巴地說道：

「為什麼呢？請您說明一下理由好嗎？這是我三年前從式部省[56]長官那裡得到的。這……怎麼會……？」

---

56 式部省：日本律令制設置的八省之一。主管文官的人事考核、選舉、銓敘、培養。後來改名為文部省。

「您看清楚了。這三個貝殼的螺紋都是右旋吧？」

「右旋的不行嗎？」

白猿露出同情的微笑說道：

「沒見過像您這麼沒知識的。您仔細聽啊，毗濕奴神[57]有四條臂膀，四隻手上分別拿著神輪[58]、蓮花、金剛杵[59]和法螺。就連小孩都知道，毗濕奴神手裡的法螺必須是左旋的。因為那是天下珍品，只有在南天竺和獅子國之間的海裡才有。國王就是基於這個理由，才把左旋的法螺貝——也就是毗濕奴神的神螺，當成進入後宮的通行證吧？您連這些都不知道，就大搖大擺地跑到後宮來，哎唷喂呀，您這位老爺，可真是太天真了。」

男人被白猿毫不客氣地嘲諷一番，感到絕望極了，不由自主地抱著腦袋，「砰」地滑坐在石階上。

這時，秋丸突然望向親王，嘴裡說出一句令人意外的話：

「我有左旋的法螺貝。送給親王吧。」

說著，她從衣襟裡拉出一條前端吊著小貝殼的項鍊，親王大吃一驚說道：

「哎呀，秋丸，不可胡言亂語。這種天下珍品，你怎麼可能會有？」

但白猿從旁邊偷窺一眼，立即眼尖地認出貝殼。

「嗯。這個貝殼雖小，但千真萬確就是毗濕奴神的法螺。不知道你從哪裡得到的，不過以我在這一行的三十年經驗可以保證，這個法螺做為通行證是完全沒問題的。」

秋丸彷彿自語似的說：

「這個貝殼是我父親的遺物。我一直貼身帶著它，沒想到竟在這種地方派上用場。」

這時，已經癱坐在臺階上的唐人，突然兩眼發光站起來說：

「這個法螺貝，讓給我吧？我給你一百兩砂金，小哥，如何？」

---

57 毗濕奴神：與梵天神、溼婆神並稱印度教三大主神，在印度教裡被視為眾生的守護之神，經常化身各種形象去拯救危難的世界。

58 神輪：印度教主神毗濕奴神的法器之一。具有一百零八個鋸齒邊緣並能持續旋轉的圓盤狀武器，也叫妙見神輪。

59 金剛杵：古代印度的武器。質地堅硬，能夠擊破各種物質。佛教密宗裡的金剛杵象徵所向無敵的智慧與真如佛性，可以斷除各種煩惱、摧毀形形色色阻礙修道的惡魔。

秋丸冷冷地說道：

「不要。我要送給親王。才不要讓給你。」

親王露出為難的表情，來回注視著秋丸和男人說：

「我已皈依佛門，年紀也大了，女人對我已經沒有意義，就算見到那個叫陳家蘭還是什麼的女人，也不能做什麼。再說，我原本也沒有非見不可的想法，只是被人拉到了這裡。秋丸的心意，我很感謝，但如果有人想要那個法螺貝，就送給他吧。我不進去也沒關係。」

秋丸有點激動地說：

「親王，您又何必說得這麼清高？明明很想進入後宮去瞧瞧吧？您不必跟我客氣，請吧，進去盡情參觀一下。我在這裡等您。」

說著，秋丸把貝殼塞進親王的手裡，然後用力推著親王走向門口。

於是，親王在白猿的陪伴下走進建築。即將踏進大門的瞬間，親王依依不捨地回頭看了最後一眼，看到站在門口的秋丸眼中含著淚水，正在愣愣地凝視自己。

走進後宮一看，空曠的室內什麼都沒有，只有高聳的屋頂，還有一條無數屋柱排列而成的走廊，蜿蜒曲折地向前延伸。走廊正前方是中庭。屋頂和牆上刻著許多浮雕，可能從前都塗過金漆，但現在已經全部剝落，只留下一堆醜陋的痕跡。走廊的牆角隨處擺放著一些不知名的神像與怪獸雕像，鑲著寶石的眼睛閃耀著呆滯的光芒。屋頂和牆上布滿蜘蛛網，地面堆著厚厚的塵土，每走一步就掀起一陣灰塵，這讓親王感到難以忍耐。

一走進屋中，白猿立刻拿來兩個紗綢作成的帽子，看起來很像兩個布袋，他將其中一頂交給親王說：

「這裡蚊子很多，您用這個把腦袋全部包起來，再進蘭房去吧。」

親王雖是第一次聽到「蘭房」，卻立刻就明白這個名詞大概是指「陳家蘭的房間」。

他緊跟在頭戴紗帽的白猿身後，在曲折的走廊上左轉右轉繼續前進。沿途仍然沒看到一個人影，不論走到哪裡，都是靜悄悄的，聽不到一點聲音。走廊的盡頭還在天邊，一路上繞來繞去，始終只能看到似曾相識的走廊，親王甚至開始懷疑，自己已經過了相同的地點兩三次，他開始有點不安，更有一種悔不當初的感覺，不禁暗中自責：真不該到這種地方來啊。他越想越覺得羞愧，都這把年紀了，還對後宮這種地方感到好奇，甚至連秋丸都看透了自己心思。或許因為親王在秋丸心中占據著極重的分量，他才能看出親王沒有表現出來的想法吧？也多虧了秋丸，親王才發覺這個連自己都沒有察覺的祕密。不過，事到如今，後悔也來不及了，他只能硬著頭皮向前走。

沒多久，白猿突然在走廊上停下腳步對親王說：

「從這裡開始，您自己一個人走過去吧。您已經不需要有人帶路。蘭房就在走廊盡頭。」

親王孤零零一個人，心裡更加不安起來。他按照白猿的指示，沿著漫長的走廊筆直向前走去。走廊盡頭有個看似廳堂的八角形房間。那裡就是盡頭，前面再也沒有路了。房間中央靜悄悄地放著一張石椅。親王也沒有多想，就在石椅上坐下來，擦拭著身上的冷汗。

親王不經意地打量著四周，發現剛才竟沒有注意到，這個八角形房間的每面牆壁都是一扇門。也就是說，以八角形房間為中心，周圍共有八個房間，像花瓣似的呈放射狀圍繞著中心。不，八面牆壁當中，有一面是通往走廊的出口，所以正確地說，房間的數目應該是七個。啊！原來這裡就是所謂的「蘭房」。親王邊思索邊轉眼四望，看到房間的地板花紋是一幅鑲嵌圖案，自己坐著的椅子位於圖案中心，拼成放射狀圖案的瓷磚分別鋪向七個房間的門口。顯然這間蘭房是經過設計者精心安排而建成的。親王四處欣賞著設計者的各種創意，不安的心情也在不知不覺中消失了。

所以，那些被稱為陳家蘭的稀奇女子，全都關在這七個房間裡嗎？如果每個房間裡都住著一名女子，那就是說，總共有七名女子住在這裡。但是在這種狀似荒廢的建築物裡，她們如何生活呢？有人負責照顧她們的三餐和日常生活嗎？據那個大唐男人透露，國王已經歡度了八十歲的生日，難道他也會為了親自享用陳家蘭而走進這七個房間來嗎？親王坐在石椅上茫然思索著沒有答案的疑問。思前想後，一種欲望開始從他心底湧起，他突然很想不顧一切打開房門，親眼瞧瞧從沒看過的陳家蘭的真面目。這種欲望越來越強烈，就連四十年都不曾接近女色的自己，也覺得很不可思議。

終於，親王做出決定，從石椅上站起來。他打算先打開左側最靠近走廊的門。那道門狀似所謂的「妻戶」[60]，親王伸手內向外拉開左右兩扇門板，沒想到非常輕易地就拉開了。

他在房間裡看到的是什麼呢？那東西肯定是女人沒錯，她正躺在一張固定的臥榻上，臉孔朝向門口，展示著全裸的身體，臉上看不出一絲羞意，但那東西的下半身，不論怎麼看都不像人類身體的一部分，而應該屬於長滿褐色羽毛的鳥類。女人的臉孔當然是人類，一雙細長的杏眼，直愣愣地瞪著前方，眼皮一眨也不眨。正在發育的乳房，彷彿脹大到一半就突然停了下來。黑色長髮的長度剛好蓋在鎖骨突出的瘦肩上。她沒有肚臍，就算有，也被下半身的羽毛遮住了，無法看清。女人躺在那裡，一動也不動，就算親王眼睛睜得像盤子那麼大，一直打量著她，女人的身體就像死人似的文風不動。

親王直接關上門扉。他實在沒有勇氣走進去。然後，他拉開了隔壁的房門。

隔壁房間的構造跟前一間完全相同，裡面的臥榻上也躺著一個同類女子。更驚人的是，這個女人擁有跟前一個女人完全相同的肉體特徵，從髮色的黑度到細長的杏眼，從乳房的形狀到鎖骨的狀態，全都一模一樣。唯一不同的是下半身的羽毛顏色。前一個女人是褐色羽毛，這個女人則是像黃鶯那樣略帶褐色的綠色羽毛。

親王腳步凌亂的關上房門，再拉開隔壁的門扉。裡面同樣躺著一個同類女子。但她的羽毛是灰色。接著，親王繼續拉開隔壁的房門，裡面的女子是淺黃色羽毛，接下來那間是桃紅色，然後是藍紫色、銀灰色。每個女人都以相同的姿勢躺在臥榻上，像個死人似的一動也不動。不，或許真的已經死了吧？親王雖然懷疑，卻沒有親自上前確認。因為他覺得自己既已出家，動手確認人家是否活著，這種作為實在太淫穢了。所以他只是站在門口窺視，甚至連女人的身體都沒有摸到。

親王就這樣參觀完七個房間，原本繃得緊緊的神經，好像一下子放鬆了，頓時感到十分疲累。於是他重新走回八角形房間中央的石椅前，彷彿累倒般癱坐椅子上。好一段時間，那些長著女人臉孔的各色鳥兒的幻影，始終在他腦中徘徊不去，他累極了，恨不得直接躺在石椅上睡一覺，但他終究還是鼓起全身力氣站了起來，重新穿過走廊，走向

60　妻戶：古代貴族住宅的四角設置的出入口，由左右兩扇向外推開的門扉構成。

後宮的出口。秋丸應該正在門外等我吧？想到這裡，親王的腳步似乎變得輕快起來。

有一塊記載真臘王事蹟的碑文顯示，闍耶跋摩一世統治真臘的時間是在西元六五七年至六八一年之間，前後共約二十五年。按照這段史料看來，真臘國王在世的時間，應該是在高丘親王西渡天竺的兩百多年之前。所以，大唐男人張伯容在真臘國對親王說，國王剛剛過完八十歲生日，這段故事應該是不存在的。那麼，這種錯誤究竟是怎麼造成的呢？唯一的可能，只能說是張伯容犯了「時空錯置」的錯誤吧。

貘園

最早記載「盤盤」這個國名的文獻，應該是唐代完成的《梁書》了。書中列舉了可能也同時出現在馬來半島的六個國家：頓遜、毗騫、盤盤、丹丹、干陁利、狼牙脩[61]。

---

61 頓遜、毗騫、盤盤、丹丹、干陁利、狼牙脩：古代南海的國家。「頓遜」的位置眾說紛紜，沒有定論，一說可能在現在的緬甸德林達依省，一說或在今天泰國那空是貪瑪叻府，也有人認為是泛指馬來半島北部。「毗騫」據元代古籍《文獻通考》指出，位於頓遜之外的大海裡，與中南半島的古國扶南相距約八千里。「盤盤」一般認為位於今天泰國萬倫灣沿岸一帶，古代是橫斷馬來半島克拉地峽路線的要衝，與狼牙脩國為鄰，全國敬奉佛教。「丹丹」全國崇信佛教，《梁書》、《隋書》、《通典》、《文獻通考》等古籍中皆有記載，國土範圍包括現在的馬來西亞吉蘭丹州在內的馬來半島中部，也有人認為在今天的新加坡附近。「干陁利」是梵名「Kandari」的音譯，也寫作「干陀利」，位置約在現在印尼蘇門答臘巨港一代，因此有人認為「干陁利」就是「室利佛誓」的古稱。「狼牙脩」位於東南亞，統治階級是印度人，約於公元一世紀末至二世紀建國，最先盛行佛教，伊斯蘭教傳入之後，佛教盛況不再，領土包括今天的馬來半島東岸的北大年以東，以及東北地區。

後來到了六世紀後期至七世紀前期，真臘國（柬埔寨）興起並開始入侵扶南（暹羅），於是原本深受古代印度文明影響的扶南文化，便伴隨大乘佛教一起南下，最後到達馬來半島中部班敦灣沿岸的盤盤國。而當時跟盤盤一起出現在《梁書》裡的其他五個國家，則在七世紀之後逐漸失去蹤影。根據一般學者推測，六國中僅剩的盤盤國之所以能夠頑強地貫穿整個唐代存活下來，可能是因為盤盤正好位於重要航線的中繼點，這條航線連接了東印度大乘佛教研究中心那爛陀寺[62]，和蘇門答臘島上的新興佛教王國室利佛誓[63]。甚至有學者指出，室利佛誓的首都並不在蘇門答臘島，而是在盤盤國，因為這裡留下許多值得參觀的佛教遺跡。傳說當年盤盤國的太守還建造了一座靈囿。「靈囿」這個字眼，最早出現在《詩經》的〈大雅〉，原意是指周文王飼養禽獸的動物園。

到了七世紀末，大唐僧人義淨[64]為了前往天竺尋求佛法，曾在室利佛誓為中心的南洋各國滯留大約七年半的時間。在他巡遊的途中，可能也到過這一章提到的盤盤國吧？換句話說，義淨比高丘親王早兩百多年到訪盤盤，算得上是親王難得的前輩。更值得一提的是，義淨最後順利抵達天竺，獲得圓滿的成果，因此對親王來說，義淨或許是值得仿效的表率。不過，高丘親王出發時，可能對義淨所走的路線不太清楚，甚至連佛教曾在馬來半島的某些國家盛行一時，也都一無所知吧。

這一天，又是個炙熱難忍的日子。熱帶密林裡長滿茂密的野生橡膠樹、椰子樹、香蕉樹，即使在白天，林間小徑也是一片昏暗，眾人走在小路上，幾乎熱得忘了前往天竺的目的，人人都像熱昏頭似的不斷自問，究竟為什麼要在這個炎熱的地方四處遊蕩。其

62 那爛陀寺：那爛陀是古印度地名，是釋迦牟尼的弟子舍利弗的出生地，也是佛教最早傳布的地區之一。唐僧法顯在印度遊學時，那爛陀還是村落，後來由商人捐錢興建佛寺，又經過歷代君王的經營，那爛陀寺逐漸發展為宏偉壯觀的佛教中心，曾蒐集了九百萬卷藏書，鼎盛時期曾有上萬僧人學者聚集於此。

63 室利佛誓：位於蘇門答臘島巨港附近的東南亞古國，也叫「三佛齊」，中國古籍又稱「室利佛逝」。約在七世紀中期由馬來族建立，因地理位置優越成為當時海上貿易中心，擁有雄厚的經濟實力，也是當時東南亞的佛教中心，全國信奉大乘佛教。

64 義淨（六三五—七一三）：唐代高僧，著名的佛經翻譯家。七歲出家，十歲時聽說玄奘法師從印度取經返回長安，十五歲便萌生西行求法的心願。西元六七一年，義淨從廣州出發，取道海路經室利佛誓到達天竺（現在的印度），他巡禮各處佛教聖地後，在那爛陀寺學習十一年，之後又到蘇門答臘遊學七年，沿途遊歷了三十多國。回國後，曾在洛陽主持佛經翻譯工作，總共翻譯過佛經六十一部。

實，這支正在低頭趕路的隊伍，根本不知道往哪個方向走才能更接近天竺，每個人都只是糊里糊塗地跟著別人舉步向前。在這種狀態下，就算有人被熱瘋了也不奇怪。親王眼看大家都那麼沮喪，為了鼓舞士氣，他便邊走邊指著路邊的花草或停在上頭的昆蟲，叫大家一起觀賞，還教導大家辨識這些花草昆蟲跟日本常見的同類動植物之間的差別。接著，原本就對本草學頗有研究的圓覺也站了出來，開始向眾人一一解說沿途的動植物：

「這很像一種叫做貝母的植物呢。你拔起來看看。它的根部長得就像許多小貝殼聚集在一起的模樣。貝母這名字就是這樣來的。不過，花朵這麼大的貝母，我倒是從沒看過。」

秋丸這時又在石頭下面找到一隻巨大的團子蟲，圓覺立刻開口解說道：

「啊，這種昆蟲叫做鼠婦。但在《爾雅》裡面叫做『鼠負』。因為牠總是緊趴在洞穴裡的老鼠背上，看起來就像是老鼠背著它。現在大家都寫成『鼠婦』，這樣就完全不合原意了。但有一種說法是說，老鼠吃了這種蟲就會發情，所以才叫鼠婦，我覺得這種解釋有點牽強。你可以摸摸看。牠會馬上縮成一團呢。」

眾人繼續向前走了一段路，密林裡的空間突然變得很開闊，前方出現一片長滿綠草的原野。陽光照耀下，地上那些很像草坪植物的小草正在閃閃發光。兩三棵椰子樹佇立在草原正中央。眼前的情景不免令人懷疑，現在草原上肯定比密林裡更炙熱難熬吧，畢竟陽光是從頭頂直接照射下來。不過事實剛好相反，草原上反而更舒爽，因為椰子樹葉正在來回搖曳，顯然是空氣裡不斷有風吹來。眾人總算鬆了口氣，決定暫時坐下休息，然後細細商討接下來該往哪個方向前進。

大家剛在草地上坐下，秋丸突然驚叫起來：

「哎唷，有個好奇怪的東西！是蘑菇嗎？圓覺大人，請問您，這圓圓的東西是什麼呀？」

眾人聽到這話，都擠過來，腦袋湊在一起觀察那個陌生的怪物。只見草地上長著一個巨大的圓形的球狀物體，似乎是植物。圓球下面或許有根，白色的表面狀似覆蓋著一層薄膜，薄膜裡面好像只有一堆鬆軟的泡泡，看不出實體的物質。圓覺打量了半天才說：

「有一種菌類叫做馬勃，很久以前就被人發現了。難道就是這東西嗎？如果真的是馬勃的話，你敲一下它的頂部，上面有個小洞，應該會有像粉塵似的東西從洞裡噴出來。還是我來敲一個試試看吧。」

說完，圓覺的手指剛碰到那東西，圓球狀部分就像被放掉空氣似的瞬間萎縮，頂端卻沒什麼粉塵噴出來。只是，一陣風吹來，圓球狀的東西就在草原上滾來滾去，看來它的底部並沒有長根。而且這東西一開始滾動，空氣裡就飄出一種無法形容的香氣，眾人同時都聞到了那種氣味。顯然這香氣就是從圓球狀的東西裡飄出來，然後瀰漫在空氣裡。親王感覺自己似乎沉浸在一種微醺的狀態。

「真不可思議。這氣味簡直無法用言語形容。我雖是第一次聞到這種香氣，不知為何，又覺得不像第一次。這是一種好像深入骨髓又令人懷念的氣味。圓覺，你好像判斷錯了，我看這東西根本不是蘑菇。」

圓覺點頭說道：

「您說的對。這東西一定不是蘑菇。不，可能根本不是植物。據我猜測啊，這氣味，很像女人的脂粉香氣……」

安展瞪了圓覺一眼說：

「您這麼了解女人啊？竟然如此有自信。」

圓覺一聽這話，頓時洩了氣，便閉嘴不再說話。

這時，秋丸已追上那個被風吹走的圓球狀物體。她兩手捧起那東西，像要把自己的鼻子貼上去似的拚命嗅著香氣，彷彿完全聽不到大家的交談。安展不禁皺起眉頭說：

「喂，秋丸，別那麼用力聞呀。不能因為它的香氣好聞，就不注意唷。這古怪的東西也不知到底是什麼。說不定還會放出毒氣呢。快，別聞了。」

秋丸遭到安展一頓狠狠的數落，這才丟開那圓球狀物體，但她臉上卻滿是不捨，眼神也顯得有些呆滯。

這意想不到的突發狀況似乎讓大家深受震撼，於是眾人默默地站起來，重新從草原走回密林。誰知剛踏進密林，又發現地上有個相同的圓球狀物體，大夥不約而同停下腳步。原來地上不只一個圓球狀物體。這究竟是什麼東西呢？每個人都是滿腹疑問，卻沒有人開口。就在這時，秋丸突然彎下腰，猛然伸手一撈，敏捷地抓起一個圓球狀物體，然後迅速地壓在自己的鼻子上。她的動作極快，其他人根本來不及制止她。可能剛才嗅到的香氣給她帶來了強烈的快感，才會餘味無窮又捨不得放下吧？然而，這次的體驗跟剛才完全不同。秋丸用力吸了一下，瞬間感到一陣暈眩，不自覺地將手裡的圓球甩了出去，身體也跟著搖來晃去，幾乎就要昏倒。大家這才發現她臉色變得十分蒼白，毫無血色。

「所以我剛才不是告訴過妳嗎？笨蛋。」

安展說完抬起腿，用腳尖厭惡地朝那滾落地面的球狀物踢了一腳。也就是這時，所有人都聞到四周瀰漫起一種刺鼻的異臭，臭得簡直令人難以忍耐。秋丸也趴在地上嘔吐，眼中痛苦得湧出淚水。親王輕拍她的背脊說：

「兩個球狀物雖然看起來一樣，但其中一個發出使人陶醉的香氣，另一個則散發令人反胃的惡臭。不論那是什麼，大家小心一點總是沒錯的。往後也是一樣，最好不要隨便伸手亂摸。這種搞不清來歷的東西，就連本草學者圓覺都舉手投降呢。等我們到了南國的最南端，就算再碰到什麼無法想像的怪事，也都不必驚訝。好在這次沒出什麼大事。對秋丸也是個很好的教訓。來，趁太陽還沒下山，大家再趕一段路吧？」

說完，親王便領先站起來，其他人也跟著重新踏上旅程。秋丸原是一臉難受的表情，現在胃裡能吐的東西已經吐完，她也立刻恢復了正常狀態，好像完全忘了剛才的痛苦。

不久，大夥終於走到密林盡頭，一座極大的山谷豁然呈現在眾人眼前。這時，夕陽已經西斜，深邃的谷底陷在山峰的陰影裡。大家從茂密的林木縫隙之間，看到前方聳立著幾座尖塔狀的建築，還有幾縷野火的炊煙正在緩緩升起，一望即知，這裡是土著聚居的村落。安展露出深思的表情站在坡道上俯視谷底，看了好一段時間，才開口說道：

「突然闖進去是很危險的，還是讓我和圓覺先下到谷底去，打探一下那些土著的情況吧。親王，請您在這裡稍候片刻。」

說完，兩人便踏著突出的岩石走下山坡。他們撥開茂密的植物，踏著石塊朝向谷底前進。兩人的身影才剛消失，親王身邊的岩石後面突然伸出一顆動物的腦袋。親王被這不速之客嚇了一跳，立即擺出準備迎戰的架式。

那隻動物的身體很像豬，但體型比豬大得多，也比豬更胖。牠全身圓滾滾的，身上布滿黑白相間的條紋，毛色像真絲棉絮般閃閃發亮，細長的眼睛很像豬眼，鼻尖有許多縐褶。不過最奇妙的，還是牠那超長的鼻子，不僅形狀彎曲得像個喇叭，時不時地伸長一下，溼潤的鼻尖還在不停地抽動。那動物轉過天真無邪的臉孔，呆呆地凝視著親王，似乎脾氣也很溫順，至少應該不會傷人的樣子。平時喜愛動物的秋丸看牠這樣，便高興地伸出手，想要撫摸一下。那奇怪的動物一點也不害怕，還主動向前踏靠過來。出人意料的是，那動物剛上前一步，就立刻轉過身，用力翹起短小的尾巴，接著，尾巴下面的肛門鼓脹起來，砰地一下，一顆圓形物體從肛門裡掉了下來。看來應該是牠的糞便。

秋丸嚇了一跳，露出驚慌的表情，親王忍不住放聲大笑起來。然而，當他不經意地看到地上剛排出的糞便時，心中不禁一驚，立刻跟秋丸交換眼色。原來剛才大家誤認是蘑菇的那個陌生圓球狀物體，跟這動物的糞便外觀一模一樣。原以為那個圓球狀物體是植物，原來是動物的糞便啊？這個意外的發現讓親王感到非常興奮，如果告訴安展和圓覺的話，他們不知會多驚訝呢。秋丸似乎也跟親王的想法一樣，睜著一雙充滿好奇的眼睛，緊盯著那顆冒著熱氣的白色物體。

這時，忽聽背後傳來一種奇怪的陌生語言：

「美麗瓦，呵來，呵來，呼……」

親王和秋丸都大吃一驚，同時回頭張望，只見身後不知何時來了幾個土著，全都並排站在岩石下面，眼中射出探索的目光望著他們。幾個土著都是半裸的男人，頭上戴著彩色鳥羽做成的頭飾，兩個鼻孔中間掛著金色鼻環，腰上圍著草裙，看來似乎是來尋找這隻走失的動物，其中一人上前一步，嘴裡發出一陣奇怪的呼聲：

「呵，呵，呵，呵……」

被呼叫的這隻動物彷彿已被這群人養熟了，聽到呼叫後，慢吞吞地走向男人身邊。男人立刻動作熟練地把鐵鍊掛在這隻胖呼呼的動物脖子上。

親王和秋丸在一旁看得入神，那個最先走向前來的男人突然向身後的同伴做了一個手勢，那群人便一窩蜂地衝上來，用力將親王和秋丸推倒在地，然後又一擁而上，把兩人的雙臂反綁在背後。這一切都發生在轉瞬之間。

幾名土著同時發出一聲叫喊後，一起沿著長滿灌木的山坡走向谷底。有人拉著脖上掛著鐵鍊的動物，有人用棒尖戳著親王和秋丸的背脊，強迫他們像犯人般跟著他們前進。親王和秋丸雙手不能自由活動，走在坡路上總是差點跌倒，弄得全身都是泥土。灌木叢裡有許多狀似牛虻的昆蟲，不斷「嗡嗡嗡」地拍著翅膀往他們臉上撲來，他們卻無法舉手揮趕蟲子。

轉眼之間，一行人便到達谷底。前方的淺灘長滿茂密的蔓草，草葉垂掛在水面。眾人穿過這片淺灘，繼續沿著河邊往平地的內陸深處前進。路邊種著許多粗壯的椰子樹，像行道樹似的排列在道路兩旁。大夥繼續沿著這條路向前走，不久，就看到一間地板架高的小屋，屋頂上面鋪著稻草。屋旁的紅土地已經挖好一個又深又大的坑。幾名土著解開了親王和秋丸身上的繩子，「砰」地一下，在他們背上猛然一推，兩人就摔進了坑裡。這時他們才恍然大悟，原來這個坑就是牢房。幾個土著發出一陣輕蔑的笑聲後，轉身離去了。

親王嘆了口氣說：

「安展和圓覺都不在的時候，我們竟然遭人襲擊，運氣實在夠糟的。說不定那些人早就在暗中監視我們呢。沒想到我們來到這麼可怕的國家。」

秋丸也露出滿臉沮喪的表情說：

「我不該去摸那隻怪獸的。怎麼我老是做不該做的事，又給大家添麻煩呢？」

「不，也不能說是妳一個人的錯。剛才妳向那隻怪獸伸出手，牠卻一轉身，屁股對著妳拉屎。我一看那情景，就忍不住大聲笑起來。可能還是因為那些土著聽到笑聲了吧？這就叫做『智者千慮，必有一失』啊。」

第二天早上，突然有人向坑裡用力拋下一串香蕉。坑裡的兩個人正覺得肚子很餓，便拿起香蕉大嚼起來。吃著吃著，忽聽坑外傳來陣陣喧嚷聲，好像有很多人聚集。沒多久，一個儀表堂堂的男人出現在坑口，看來是這個國家的大人物。男人臉上蓄著鬍鬚，披在肩頭的白布鬆鬆地裹住全身，腰上還掛著一把寶劍。男人挺直兩腿，雄偉地站在坑口，和藹可親地笑著用流利的大唐話向親王慢條斯理地說道：

「我是盤盤國的太守。你們已非法侵入我國。今後你們打算到哪裡去？必須誠實地告訴我。」

男人的大唐話說得非常標準，親王完全聽懂了他的意思。於是親王便抬起頭，用更標準的大唐話答道：

「過境貴國需要辦手續，這件事，我可是一點也不知道。我腦中只想著唯一的願望，就是要遠渡天竺。」

「你說要去天竺。喔，那你告訴我，要去天竺做什麼？」

這一問，親王反倒不知如何回答了。因為他自己也沒想過這個問題。到天竺去的目的，只有一個，就是去求法，不是嗎？我就是為了完成這個心願，二十多歲就出家。之後的四十多年當中，我心裡只想著一件事，就是拚了命也要到我憧憬已久的天竺去，不是嗎？然而，不知為何，這麼理所當然的理由，親王卻不好意思說出口。另一方面，其實他心中也有幾分疑惑，不太確定自己是不是真的為了求法，才規畫了這趟天竺之行。說不定，我並不是為了什麼偉大的抱負，而只是從小就對陌生國度產生了好奇，才籌畫了這趟遠赴天竺的計畫。這種想法並非沒在他腦中出現過。也因為他想得過於複雜，反而說不出乾脆的答案。對於太守提出的問題，他明明只需回答一句「我去求法」就行了，結果他卻囉哩囉唆地再三重複著相同的回答：

「因為我生在日本，天竺是我最熱愛的地方。甚至可以說，我從年輕時就皈依佛門，也是這個理由。與其說我是為了求法而前往天竺，不如說，在我心裡，求法跟西渡天竺是同義詞。這就是我要前往天竺的理由。」

太守聽到這裡，哈哈大笑起來：

「這個東海島國來的無趣佛教徒，倒是挺會說話的。若是為了求法，何須大老遠跑到天竺去呢？現在我們盤盤國內可說是教化之光普照大地，佛法之花遍地盛開，你若是有興趣，我可以帶你四處尋訪證據。事實上，有很多大唐僧人都從長安到這裡來留學呢。」

太守露出得意的表情說完，忽然換了一個話題：

「對了，你常常做夢嗎？」

親王不知太守為什麼提出這種疑問，但他從小就常做夢，對做夢這件事是很有自信的，所以立刻毫不猶豫地答道：

「常常做夢。」

一聽這話，太守臉上瞬間閃出亮光。

「喔！那很好。常常是多久呢？」

「差不多沒有一天不做夢的。」

「嗯。那真是太好了。對了，說起做夢，也有美夢跟惡夢的分別啊。你常做的，是哪種夢呢？」

「惡夢幾乎從沒做過。我做的夢啊，全都是美夢。」

太守聽了這話，激動得差點流下眼淚。

「哎呀，哎呀，那太棒了。真是天大的好消息啊。我們一直等到現在，還是值得的。我國地處南方，或許因為日光太強烈，即使到了晚上，日光的殘留物質仍會攪亂人們的大腦。也因此，我國能做美夢的人非常少。像你這樣的，不到萬分之一吧？很多人一輩子都沒做過一個夢，甚至連夢是什麼都不知道。你說這輩子的夢想就是到天竺去，可是你既然善於做夢，何必還要大老遠跑到天竺去呢？每天晚上在夢裡去天竺就夠了吧？哎，這也罷了，我還是先帶你去參觀貘園吧。如今有了你，說不定貘園能重現往日的繁景呢。」

「啊？貘園是……？」

親王忍不住反問。太守沒有回答，只顧著自己繼續說下去：

「對，貘園。你在我國的貘園必能獲得豐衣足食，以後可以安享清福了。」

說到這裡，太守這才發現一旁的秋丸：

「那個孩子，是你的侍童嗎？」

親王點頭表示肯定。

「既然如此，也帶他到貘園去吧。你們可以住在同一個房間。」

太守非常高興，滿臉笑容地離開了坑口。

第二天，有人牽著一輛大象拉著的車子來到坑口。親王和秋丸已在坑裡待了兩天，現在終於被人拉了出來。兩人搭上象車後，立即朝貘園出發。親王和秋丸都是第一次看到大象，這時他們才知道，原來跟他們上次看到的動物比起來，世界上還有鼻子更長的動物，兩人都驚訝得說不出話來。

至於親王和秋丸被帶去的貘園是什麼地方呢？可能就是盤盤國歷代太守經營的「靈囿」裡的一部分。這座傳說中鼎鼎大名的靈囿，其實就是動物園。當初建造時，首先在密林裡開闢空地，建蓋一座人工庭園，並在廣闊的園內各處設置許多獸欄，然後開始在這裡關幾隻老虎、那裡關幾隻黑熊，陸續把各種動物隔離豢養在園裡。有些獸欄裡還養著犀牛之類的稀有動物。除了獸欄之外，園裡也有專門飼養各種珍禽的鳥舍，裡面養著馬來半島特有的白孔雀、砂糖鳥[65]，以及紅、綠、藍、紫等各色鸚鵡，色彩鮮豔的飛禽整天都在圍欄裡展翅飛舞。當年大唐高僧義淨遊歷到盤盤國的時候，應該也到這座靈囿參觀過吧。也因為靈囿自古就在南洋各國盛名遠播，而太守從祖輩父輩的手裡繼承下來，他這輩子最光榮的任務，想必就是負責維護靈囿了。

貘園位在靈囿最深處，是園內最受重視的獸欄。簡單地說，養在這裡的動物其實就是原產於馬來半島的貘，也就是兩天前親王和秋丸看到的那隻怪獸。據古籍記載，貘是一種同時具備象鼻、犀眼、牛尾、虎足的動物，牠們喜歡吃銅鐵和竹子，但是在親王和秋丸的眼中，貘看起來一點都不像怪獸，雖然長相有點醜陋，卻令人感覺牠更像普通的哺乳類動物。只是，貘的性情跟牠的外貌並不一致，據說這種動物的脾氣很大，而且喜歡奢侈的生活。譬如眼前的貘舍就是用紅磚建造的，看起來極為豪華，旁邊還有專屬飼養員居住的小屋。由此可知，貘也是神經質的動物，飼養員必須隨時滿足牠們的要求，片刻不能鬆懈。

親王和秋丸到達貘園的時候，剛好是貘的午後運動時間，園裡飼養的三隻貘正在草地上散步。其中一隻很像從這裡逃出去的那隻，也就是上次在山谷斜坡上害得親王和秋丸嚇了一跳的貘。草地上散落著許多圓球狀糞便，正是親王和秋丸已經看過好幾次的東

---

65 砂糖鳥：即藍冠短尾鸚鵡，在馬來半島、蘇門答臘、婆羅洲等地的森林中生息。因為喜歡吃甜食，故別名砂糖鳥。

西。秋丸指著那些糞便向親王露出笑容。這時，突然有個飼養員推開柵欄的小門，從裡面走出來向他們解釋：

「那是貘吃了夢之後排出的垃圾。」

「啊！夢的垃圾！」

「對。貘專門吃人類的夢。除了夢以外的東西，一概不吃。所以貘是很難飼養的動物。」

飼養員邊說邊拿出掃帚和狀似畚箕的工具，動作俐落地打掃地上的糞便。這個男人似乎也是盤盤國的官員，能說一口可跟太守媲美的流利大唐話。掃完糞便，飼養員將鼻子湊上去聞了聞，皺起眉頭說：

「今天的糞便也好臭啊。可憐牠們最近都只能吃到惡夢。如果前一天晚上吃到美夢，牠們在第二天早上就會排出極香的糞便，連我們聞著都覺得陶醉。但如果吃到惡夢，那可就完全不同了。不管牠們多喜歡吃夢，要是每天都排出這麼臭的糞便，也會覺得痛苦吧？」

親王在一旁聽著飼養員喃喃自語，心中突然對貘這種動物生出強烈的好奇，忍不住向飼養員問道：

「既然這麼難養，貴國為什麼還養了好幾隻呢？」

飼養員露出厭惡的表情說：

「原因之一，因為這是我國的傳統。當初建造這座貘園，是在現任太守的六代之前那位太守的時代，當時盤盤國的幅員遼闊、國威強盛，這裡飼養的貘不論需要多少夢，都能輕易滿足牠們的要求。常常做夢的北方羅羅人也前仆後繼地湧進盤盤國，因此專為貘園的貘提供夢的任務，就交給了他們。之後，真臘國興起，並且鎮守著盤盤國的北方，羅羅人全都被擋在國外，無法進來，貘園也就難以經營下去了。之所以造成這種結果，或許是我國人民從小就被太陽烤炙腦袋，絕大多數國民都失去了做夢的能力。貘園最鼎盛的時期曾經飼養過二十隻貘，現在只剩下了三隻。有些貘是因為在貘園吃不到夢，肚餓難忍，就撞破柵欄逃走了。最近這三隻裡面，就有一隻剛逃走過。」

「既然如此，何不乾脆關閉貘園算了？」

親王插嘴問道。飼養員用力搖著頭說：

「不，那可不行。這是我國的傳統，而且現在國家的方針就是，為了維護盤盤國的國威，一定要把這座祖先傳下來象徵榮耀的貘園守護下去。現任太守也是同樣的想法。不過，太守本身似乎還有個人的打算。」

「你說的『個人的打算』是什麼？」

「喔，這是太守的家庭隱私，我不能公開亂講。但如果只是私下跟你說一說，應該沒什麼關係吧？聽說，太守的獨生女芭塔莉亞·芭它塔公主從很久以前就得了原因不明的憂鬱症，病情總是時好時壞，太守非常擔心，曾向某位婆羅門請教，婆羅門告訴太守，這種病只要吃貘肉就會好轉。因為貘肉的成分是夢的精華，具有祛除體內邪氣的功效。尤其是只吃美夢的貘，功效特別顯著，吃下立刻就能治好病。總之，太守從婆羅門那裡大致得到了這些建議。所以對太守來說，貘園比從前更重要了。無論如何都必須讓園裡的貘活下去。太守的女兒將來是要嫁給室利佛逝國王子的。太守希望女兒出嫁前，一定要治好病。」

「但那些貘現在排出的糞便都臭得要命，就算吃了這種貘肉，也治不好太守千金的病吧？」

「對啊。所以現在才迫切需要找個能做美夢的人。而您，就是從那麼多人裡挑選出來的啊。」

「喔，原來是這樣啊？」

聽到這裡，親王輕輕嘆息一聲，不知如何回答。

紅磚建造的貘舍內部非常寬敞，親王進去才發現，房子裡面又建了另一棟房子。而那間建在貘舍裡的小房子，就是專門做夢餵貘的做夢者睡覺時使用的寢室。寢室中央有一張石材打造的臥榻，上面放著怪異的陶枕。除此之外，房間裡沒擺其他的家具。這間空曠的房間大約四平方公尺，四面牆上各開了一個小窗，從窗口向外望去，剛好看到那三隻貘正在外面走來走去。窗戶非常小，貘當然不可能從窗口鑽進寢室來。而貘繞著小屋踱步的空間，雖然在小屋的外面，其實是在貘舍內部，也就是說，貘的散步道是環繞著中央的寢室建造的。每天晚上，貘為了吃夢，整夜都在那條散步道上走來走去，不斷從長鼻子裡發出嗚嗚的叫聲。

在這樣的貘舍裡，貘不必觸碰到正在睡覺的人，就能隔著一段距離隨意吃夢。牠們只需把鼻尖從小窗口塞進寢室就行。親王獨自在貘舍寢室裡睡覺的第一晚，心裡真是害怕極了，好在那天晚上，他的臉孔並沒被貘的舌頭舔到，第二天早上醒來發現自己平安無事，親王也鬆了口氣。只是他再三回想，卻想不起自己做過什麼夢，只覺得腦袋裡一片空白，所以他一看到飼養員就說：

「真可惜，昨晚沒做夢。這種情況很少出現的，可說是我活了六十多年，第一次碰到這種事呢。那些貘大概也不滿意吧？真委屈牠們了。」

不料飼養員笑著說：

「沒有啊。您做了很棒的美夢唷。今天早上，這三隻貘都排了香氣極佳的糞便呢。您是因為自己的夢被牠們吃光了，才什麼都不記得啦。您完全不必介意。」

竟有這種事？原來如此！飼養員的說明讓親王感到釋然，同時也給他帶來一絲惆悵。因為他從小就容易做夢，而且總是夢到快樂的事情，他也對自己這塤才能感到自負。每次憶起快樂的夢境，心情就更加愉快。其實所謂的「夢」，就是做夢的人對於夢境的回憶啊。如果失去憶起夢境的能力，夢不是等於死了嗎？如果每晚的夢都被貘吃得一乾二淨，每天醒來的時候，大腦都是空空如也，這種睡醒模式多令人鬱悶難耐啊？這樣的話，根本不算做過夢吧？如果從今往後，每天都必須度過這種做了夢也等於沒做的夜晚，這空虛的感覺，誰能忍受得了呢？

親王就這樣枕著陶枕、橫臥石床，在貘舍裡睡了幾晚之後，開始感到心中越來越鬱悶。即使白天看到秋丸，也不像從前那樣跟秋丸開玩笑了，就連從前經常發出的爽朗笑聲，也幾乎聽不到了。秋丸看到親王總是一臉憂鬱，也不知如何是好，只能整天提心弔膽地望著親王的臉孔。親王自己也很焦慮，他不禁納悶，做了夢卻不記得，夢醒之後立刻就把夢境忘得一乾二淨，這種經驗竟會讓我如此苦惱？

親王雖然不記得自己做過的夢，卻開始在熟睡時看到一些奇異的幻影。其實他也不確定那些幻影算不算夢，或許叫做「夢的殘骸」會更合適吧？總之，在他人腦裡的那塊黑色銀幕上，總會有白色幻影出現。不，或許應該說，會有白色幻影投射在黑色銀幕上。他覺得那些幻影好像就是全身長著黑白條紋的貘。也可能那些貘吃光了所有的夢之後，還想吃更多的夢，鑽進自己的腦袋裡來了。甚至有一次，他以為貘正在舔舐自己的腦漿，不禁大叫一聲「哇」，然後就驚醒過來。等到自己再也不能做夢提供牠們食用之後，那些貘就會來吃我的腦漿吧了？每想到這裡，他就害怕得不得了。

一眨眼，十幾天過去了，親王自己也深切體會，他的身心兩方面都在逐漸衰弱，就在這時，他難得地做了一個夢。從他來到貘園之後，就突然沒再做過什麼像樣的夢，這個夢可說是他時隔十幾天的第一個夢。但這個夢並不是以往那種快樂的美夢，而是令他感到窒息的惡夢，這種經驗對親王來說，可是有生以來第一次。

這個惡夢的內容大致是這樣的：

地點大概是在奈良的仙洞御所，也就是父親平城上皇那座叫做「萱之御所」的宅邸。不過父親似乎生病了，他正躺在正殿裡狀似寢宮的房間裡，身上蓋著棉被。藥子陪伴在一旁，一面忙著把大大小小的碗碟排列在地板上，一面用石臼細心地研磨各種藥材。藥材裡好像有訶梨勒[66]皮、檳榔仁、大黃、桂心[67]、附子等。好一段時間，石臼滾動發出的沉重聲響不斷在房裡迴響，也為周圍籠上一層陰鬱的氣氛。親王當時還是個十歲左右的孩子，他像要偷窺不該看的景象似的，在迴廊上朝著主屋內部張望。

突然，父親似乎被惡夢驚醒了，他支起上半身，嘴裡像在囈語似的喃喃自語著：

「我剛才夢到先帝了。他告訴我，早良親王[68]的靈魂已到柏原的陵墓去請罪了。但早良親王對自己沒有子嗣這件事好像滿懷怨恨，再三向先帝表達不滿。」

---

66 訶梨勒：「訶子」的別名，是一種中藥材。使君子科植物，具有收澀作用，能夠止瀉、止咳，降火利咽，常用來治療久瀉、久咳、咽痛等症狀。

67 桂心：肉桂的一種。通常肉桂是指桂樹的皮，乾燥後成為桶狀，叫做桂通。桂心則指去掉外層粗皮的桂通，也寫為「桂辛」。

68 早良親王（七五〇—七八五）：奈良時代後期的皇族。桓武天皇的弟弟。桓武天皇即位後，立早良親王為皇太子，並接受權臣藤原種繼的建議，遷都長岡京。但藤原種繼在第二年遭人暗殺。而向來與種繼關係惡劣的早良親王因而受到牽連，被廢皇太子。桓武天皇另立安殿親王為皇太子，也就是本書提到的平城天皇。早良親王後來在流放到淡路國的路上氣憤而死。之後，安殿親王患病，桓武天皇的妃子病故，都被認為是因為早良親王的冤魂作祟。平城天皇曾為他舉行過幾次鎮魂儀式，並追封為崇道天皇。

藥子正在滾石臼的手並沒停下來，只像安慰小孩似的說道：

「這種芝麻蒜皮的小事。您現在情緒太激動，才會做這種不吉利的夢。就因為您性情溫和直率，各種惡靈都聚集到您身邊。來，我為您配好了藥，喝下去之後，心情就能平靜一些。」

藥子親手調製的粉劑和斟滿的酒杯被端到父親的面前，他無精打彩地呆坐半晌，最後禁不住藥子再三催促，才伸出顫抖的手拿起酒杯和粉劑喝下去。藥子看他喝完，猛然起身，抓起團扇開始表演歌舞。

三輪明神[69]御殿前，
宮門大開來迎神，
美酒之神喜降臨，
世世代代永昌隆。

藥子柔聲細氣地唱著歌，邊揮舞長袖邊動作認真地跳起舞來。親王從沒看過這種形象的藥子。他認識的藥子，是個更豪放、更率直的女人，她永遠都把自己當成同齡的朋友，從來不對自己差別待遇。但眼前的藥子臉上卻露出一種陰險的笑容，那種表情，還是個孩子的他實在無法理解。親王突然感到十分不安，躲在帷幕後面低聲呼喚道：

「父親，父親。」

但父親沒有聽到他的聲音，藥子也像什麼都沒發生似的繼續跳舞，父親則垂頭喪氣地看著藥子表演。「世世代代永昌隆。」藥子頌讚的歌聲本該非常開朗，此刻卻沉重得墜入親王的心底。

跳完一段舞之後，藥子回到父親的面前重新坐下，又開始勸說父親吃藥喝酒。看來

69 三輪明神：指奈良盆地三輪山上的大神神社，社中供奉的主神為大物主大神。「三輪明神」也是大物主大神的別名。據《日本書紀》記載，崇神天皇時代，日本全國流行瘟疫，大物主大神托夢給天皇，命他立刻釀造神酒獻上。於是，釀酒師高橋活日命奉天皇之命，在一夜之間釀成神酒。全國的瘟疫也很快得到控制。高橋活日命因此入祭三輪明神旁邊的「活日神社」。後段「美酒之神」同樣指三輪明神。

父親並不想喝，但藥子似乎非要勸他喝下去。藥子好言相勸了半天，父親始終不肯接過酒杯。猛然間，藥子滿是煩躁的臉孔轉向後方。就在這一瞬間，躲在迴廊上偷看藥子的親王，剛好跟藥子四目相對。不知是否是他的錯覺，他覺得自己看到藥子的眼中閃出一線凶狠的光芒。他只覺得全身寒毛聳立，立刻像被火燒眉毛似的大喊起來：

「不要！不要啊！不要殺死父親……」

藥子當時的回答實在太冷血無情了，即使現在回想起來，親王仍會感到冷徹骨髓。很明顯的，她是另有所圖，才故意佯裝聽錯了親王的意思。

「啊？您說什麼？叫我殺掉父親？哎呀，您說什麼呀？親王。」

親王的惡夢到這裡結束了，但他全身流著冷汗清醒過來之後，藥子的聲音仍然在他耳中迴響，她那浮起陰險微笑的嘴唇，也在親王的眼前不斷閃現，久久不肯消失。

過了兩三天，飼養員來敲寢室的門，並向親王通報：太守的女兒芭塔莉亞·芭它塔公主將按照預定計畫，在當天下午到貘園來視察。請親王做好準備，以便順利迎接太守千金。

貘園現在只剩一隻貘了。不久之前還有三隻的。毋庸置疑，另外兩隻一定是為了給太守千金治病，已經被宰掉了。牠們的肉當然也早已做成食物被吃掉了。如果最後一隻也吃掉的話，以後怎麼辦呢？雖然這問題跟親王無關，但飼養員還是告訴他，貘園必須補充新動物，所以現在盤盤國舉國上下都在附近山野努力捕捉新的貘。

不久，身穿美麗華服的太守千金在幾名侍女的環侍下來到貘園。親王第一眼看到她的瞬間，簡直不敢相信自己的眼睛。這位少女明明還不滿十五歲，她的眉眼五官卻跟藥子一模一樣。不僅如此，親王昨夜在夢裡看到藥子那種凶狠的氣勢，以往從來都沒在藥子臉上看過的，現在卻好像浮現在眼前這個少女的臉上。凶狠的氣勢。這種神情當然不是隨時隨地都顯現在她臉上。就像陽光也會時暗時明，少女那張嬌豔的臉孔背後，有時會在瞬間浮出一種凶狠的氣勢，然後又消失得無影無蹤。就像貘在扭動背脊時，全身的獸毛會像天鵝絨般一閃一閃發出光澤，這種現象也會令人聯想到「凶狠的氣勢」。

據說這個少女得了憂鬱症，但她現在一點也看不出病態，或許吃了貘肉，憂鬱症已經痊癒？

少女伸手拉開圍欄的小門，動作熟練地踏著大步走進貘園。看來她絕不是第一次到這裡來。這時剛好是運動時間，草地上僅剩的那隻貘正在散步，牠一看到少女的身影，就開心地邊跑邊跳，朝著少女身邊奔來。看牠對少女那麼親熱，顯然也不是第一次看到她。少女來回撫摸著這隻雄貘身上的獸毛，摸著摸著，雄貘漸漸表現出發情的跡象，一下用兩隻後腿站起來，一下倒在地上打滾，最後還不斷從鼻子裡發出低鳴，同時繞著少女轉圈。少女回頭看著侍女們說：

「貘這種動物啊，嫉妒心強得很呢。妳們不想被牠咬的話，就不要跟我一起進來，知道嗎？」

其實也不用她叮囑，那些站在圍欄外的侍女早已緊抓欄杆，眼中閃閃發光地盯著女主人和動物的一舉一動。

親王當時是在什麼位置觀賞這個場景呢？或許，是跟侍女們一起站在圍欄外眺望？或許，是跟飼養員一起站在紅磚貘舍的入口偷窺？總之，沒有人知道確切的答案。就連親王自己也覺得他在這個場景中的身影很模糊，位置也不夠明確，他甚至覺得，說不定自己當時是在另一個夢境裡。被他誤認是藥子再世的少女形象實在太過鮮明，而且龐然聳立在他的視野中心，因此他當時全副精神都集中在那個形象上。

按照親王先入為主的猜想，他以為少女吃了貘肉，絕對會是個既油膩又肥胖的醜女。他萬萬沒有想到，現在刻印在他瞳孔裡的少女形象徹底推翻了自己的主觀想像。甚至可說，他的全身只剩下一雙眼睛，已被那個正在貘園裡跟貘戲耍的少女吸引過去。

就在周圍那些侍女的好奇視線中，圍欄裡的貘好像即將到達興奮的巔峰，牠突然「砰」地一下倒在草地上，雪白肥胖的肚皮呈現在眾人眼前，四腿緊縮，閉著眼皮，一副主動要求少女幫牠愛撫的模樣。仔細望去，牠的雄性象徵已驚人地伸得極長，不時敲打圓滾滾的胖肚皮。少女跪下來，像要逗牠似的笑著輕輕伸出手，握住那漲大的東西，動作輕柔地在臉頰上來回摩擦，再用濃密的髮絲緊緊裹住。少女顯然意識到那些侍女的視線，故意在她們面前表演各種愛撫的動作。雄貘似乎也因為有人觀賞，感到更加興奮。不久，少女聽出野獸的歡愉聲越加昂揚，便把手裡的東西迅速塞進嘴裡。這瞬間，她的眼中仍然充滿笑意，但親王覺得好像看到一種凶狠的氣勢在她嘴邊浮現，彷彿微弱的陽光重新發出光芒。

奇妙的是，親王用他炙熱的視線持續追蹤眼前景象的同時，他覺得自己好像變成了那隻貘。他似乎已經變成正在接受少女的愛撫的貘。親王忽然想起，自己還是七八歲的孩童時期，藥子曾經半開玩笑用手玩弄他兩腿之間的小肉球，他也因此第一次體驗到忘我的肉體快感。或許，幼時的經驗已跟眼前的景象合成為一幅重疊的圖像，自己已被投影在少女和貘組成的畫面裡。或許是因為少女跟藥子之間有些相似之處，也可能是由於自己知道，那隻貘每天晚上都要吃自己的夢才能活下去，才不知不覺就把那隻貘看成了自己。仔細想來，貘吃了自己的夢，少女又吃了貘的肉，經由貘這個媒介，少女已跟自己直接連結在一起。換句話說，少女其實是依靠自己的夢才能活下去。甚至還可以說，如果自己不做夢的話，少女根本也就不存在了。

少女的臉頰一下吸緊一下鼓脹，每當她在嘴裡滑溜地攪弄一下野獸的器官，貘的長鼻子裡就發出吹笛子的聲音，顯示牠已接近頂峰。只是，貘的高潮實在太過簡單。跟那不知何時就要到達巔峰的準備階段比起來，真正的高潮真是令人失望。貘的身體隨著痙攣抖動兩三下之後，就立刻全身無力地攤在地上。貘似乎也有點意外，事情結束後，牠好像有點不好意思似的愣愣地看著那些侍女。

不過，親王並沒看到這一幕。野獸射精的瞬間，親王眼前的形象頓時消失了。他在剎那間掉進一個分不清是夢境還是現實的黑暗世界。

「親王，請您醒一醒。安展大人和圓覺大人已經帶回好消息。事情進行得非常順利，山谷那邊的盤盤國正在準備迎接親王。」

親王聽到耳邊傳來秋丸的聲音，這才睜開眼，微笑著說：

「盤盤國？那地方，我剛剛才去過唷。」

蜜人

盤盤國的太守是虔誠的佛教徒，他聽說親王立志西渡天竺，不達目的絕不回頭，太守心裡對這種堅定的志向極為感動，特地為親王一行準備了一艘採用轆轤升降船帆的阿拉伯式帆船。等到一切準備妥當後，太守的家臣一路護送親王和隨行人員來到馬來半島西岸的投拘利[70]。這個古老的港口，托勒密[71]在他西元二世紀中

70 投拘利：古代港口名，是古代東西方海上交通的重要轉運港，位於今天的泰國南部、馬來半島西部。

71 托勒密（Claudius Ptolemaeus，九〇——一六八）：古羅馬時期天文學家、地理學家、數學家。他曾留下許多科學著作，其中對後世造成重大影響的三部著作是《天文學大成》、《地理學指南》、《占星四書》。《地理學指南》是托勒密於西元一五〇年完成，等於是他親手所繪製的世界地圖的說明書，書中詳細說明如何以標示經度、緯度的方式將球體的地球繪成平面地圖。

葉撰寫的《地理學指南》中曾經提到。親王一行從這裡登船後，朝向孟加拉灣出發。如果沿途都能遇到順風，那麼要不了多久，他們就能到達孟加拉灣的恆河河口附近。這裡有個古老的港口「多摩梨帝[72]」，也曾被托勒密標示在他製作的世界地圖裡。五世紀初，東晉高僧法顯到天竺遊歷之後，就是從這個港口搭乘商船返回祖國。七世紀末葉，唐代高僧義淨也是從蘇門答臘搭船來到孟加拉灣，最後也平安地抵達多摩梨帝附近。既然前人都能順利到達，親王的船應該也不會有問題吧。

只是，搭船出遊原本就容易出錯，結果，親王這艘船也遇到了意外狀況，他們不但沒有抵達多摩梨帝，還被海流沖到一個意想不到的地方。就在他們出港後過了幾天，船身正朝著左舷前方遠處的安達曼群島[73]前進，誰知海上突然颳起強勁的偏西風，大家正感到驚愕，船身已像凌空起飛般被風吹向陸地，然後「砰」地擱淺在一片綠蔭茂密的蠻荒海灘上。誰也不知道這是什麼地方。船上的帆柱和舵輪已被撞擊成碎片，船上各處立即湧進海水，船身似乎也馬上就要沉沒了，值得慶幸的是，這時船身已經擱淺在海灘上。

「我們又到了一個奇怪的地方呢。為什麼事情總是不能按照計畫進行呢？這下我們可能永遠都到不了天竺了。說不定永遠都得在南方的海上轉來轉去吧？哎呀，哎呀，真糟糕。」

親王雖然這麼說著，臉上卻看不出一絲氣餒。或許是早就習慣了吧。他反而好像覺得很有趣似的露出笑容。

「話說回來，這裡到底是哪裡啊？看那些樹木長得那麼茂盛，這裡好像是個雨水很多的地方。」

圓覺轉眼打量四周說道：

「據我猜測，這裡大概是驃國（緬甸）的某個地方。聽說驃國最近才被北方的南詔國滅掉，當地的蠻族又建立了一個國家，叫做蒲甘[74]，或許現在不該把這裡叫做驃國了。」

---

72 多摩梨帝：位於孟加拉灣北部海岸的古代海港城市，地處恆河的河口，是古代印度東部的重要海港。

73 安達曼群島：位於孟加拉灣與緬甸海（即安達曼海）之間的十度海峽以北的一組島嶼。安達曼群島、十度海峽和附近的尼科巴群島現在統稱為「安達曼—尼科巴群島」，是印度的海外聯合屬地，也是印度的直轄區。

74 蒲甘：古代緬族在東南亞緬甸建立的第一個王朝，第一代國王頻耶於西元八四六年至八七六年掌權。蒲甘王大夥懷著忐忑的心情，小心翼翼地走進密林。一踏進林中，眼前的視野之內，全是一片清澄的翠綠。當大家看到無數參天巨竹聳立在面前的瞬間，所有的人都忍不住倒吸一口冷氣。真是一幅奇妙的景象！這些不知屬於什麼種類的竹子，枝幹十分粗壯，直徑約有三十公分，竹皮閃耀著青綠光芒，每根竹杆都那麼雄偉筆直地伸向天空。放眼望去，眼前全是這種竹杆叢生的竹林。親王不禁想起日本嵯峨野[75]附近的竹林，跟眼前這片大得驚人的竹林比起來，嵯峨野的竹林簡直就像粗陋的迷你模型。親王忍不住感嘆：

「沒想到世上竟有如此宏偉的竹林！雖說這裡已是南國，但我做夢都沒想到，會有這麼粗壯的竹子。圓覺，你也很吃驚吧？」

圓覺驚訝得連連眨眼說：

「的確，親王說得很對。不過，據《華陽國志》[76]的〈南中志〉記載，雲南有一種名叫『濮竹』的巨竹，竹節與竹節之間的距離長達一丈，可見這裡未必沒有巨大的竹子。依我看，這裡既然長著這麼大的竹子，說不定距離雲南非常近呢。」

親王和圓覺交談時，安展一面不經意地聽著，一面吩咐秋丸過來幫忙，兩人一起默默地挖著竹筍。剛走進竹林時並沒注意，後來仔細一看，才發現地上竟有幾棵小竹筍，已從泥地裡露出了腦袋。最近這段日子，大家一直在海上航行，早就想吃新鮮蔬菜了，所以眾人都拚命嚥著口水，用灼熱的眼光盯著陸續從泥土裡挖出來的竹筍。但是，這些筍子究竟能不能吃呢？至少現在剝掉筍殼後，裡面的筍肉既柔軟又潔白，應該是可以吃的吧？

四個人注意力都集中在挖竹筍上，忽聽背後傳來一陣「叮叮叮叮」的鈴鐺聲，接著，一個身形怪異的男人出現在他們身後。男人光著身子，沒穿衣服，身體跟人類沒有分別，也像人類一樣用兩腳站立，但他頸子上卻長著毛絨絨的狗頭。兩片耳朵精神抖擻

國的首都蒲甘城位於伊洛瓦底河中游。市內保留了緬甸各時期建造的許多佛塔、佛寺，現在是緬甸的歷史古城、佛教文化遺址，也是著名旅遊勝地。

75 嵯峨野：位於京都府京都市右京區的山林區。嵯峨天皇曾在這裡建造行宮「嵯峨院」，並居住於此。嵯峨天皇去世後，許多貴族、文人相繼來此建造山莊、寺院。嵯峨野逐漸成為皇家、貴族的別墅區。

76 華陽國志：又名《華陽國記》，由東晉史學家常璩撰寫完成的一部地方誌，內容記述了古代中國西南地區的地方歷史、地理、人物等。

地豎著，偶爾還會微微顫動幾下，鼻尖長著幾根長長的鬍鬚。這傢伙究竟是不是人類啊？四個人都驚訝地望著男人，不料男人竟開口向他們說起話來：

「你們挖竹子的嫩芽，要幹麼呀？」

出人意料的是，狗頭男竟說著一口流利的大唐話。安展不客氣地答道：

「挖竹筍，當然就是要吃呀。我們雖不是孟宗[77]的老母，竹筍總可以吃吧。」

男人聽了這話，覺得非常可笑似的大笑著說：

「我是不知道住在竹林裡的熊貓吃不吃竹子，反正跟我沒關係。但我真的沒想到啊，人類竟會喜歡吃竹子，哎唷，哎唷，好好笑啊。」

男人笑得全身不斷抖動，剛才那「叮叮叮叮」的鈴鐺聲又響了起來。看來鈴鐺似乎掛在男人的身上。安展重新轉眼打量男人長滿濃毛的下半身，這才發現鈴鐺好像是繫在兩腿之間的男根上，那部分幾乎全被毛髮遮住了。男人每次發出笑聲，鈴鐺就隨著身體的抖動響個不停。

眼看男人笑得停不下來，生性急躁的安展忍不住火冒三丈，便上前一步逼近男人，很嚴厲地斥責道：

「傻笑也該有個限度吧。對了，我問你，這裡是什麼地方？」

男人呆呆地反問：

「這裡？」

「對，這裡是屬於哪個國家的領土？總不會是『犬國』吧？快，回答我。」

男人露出嚴肅的表情說：

「這問題容易回答。這裡叫做阿拉幹國[78]，一個瀕臨孟加拉灣的國家。阿拉幹國的國

---

77 孟宗（二一八—二七一）：三國時代的吳國大臣，《二十四孝》第十七孝「孟宗哭竹」的故事主角。孟宗的父親早逝，對母親非常孝順。有一年，年老的母親病危，想吃竹筍，但是當時正是嚴冬，沒有鮮筍，孟宗獨自走進竹林，抱著竹子哭泣，沒多久，就聽到地面裂開的聲音，接著看到幾根嫩筍從地下冒出。孟宗立刻拔回家煮成筍湯給母親喝，不久，他母親的病就好了。

78 阿拉幹國：緬甸的若開人（又稱阿拉幹人）建立的封建王朝。位置在現在的緬甸西南部沿海的若開邦。建國時間可追溯到西元以前，古稱阿拉幹王國，自古以南傳佛教立國，在文化上與緬甸更接近，與西邊的孟加拉地區也長期和睦相處。亞一帶。

土沿著海岸線延伸，形狀狹窄細長，緊鄰海岸地帶的後方就是一道縱貫南北的山脈。山脈背面的驃國和南詔國，一年到頭都在互相征戰，但所幸戰爭並沒有對我國造成什麼影響。早在五百年前，有一位叫做錢德拉[79]的國王就在這裡建國，之後，阿拉幹從沒被驃國或南詔國征服過。所以這裡才能成為世外桃源，也把自己的歷史保存了下來。更值得一提的是，阿拉幹國歷代國王的名字最後都以『錢德拉』結尾。由於國土的背面有山脈阻隔，我國才會處於孤立狀態，另一方面，由於國土正前方就是廣闊的海洋，我國才能成為連接東西方航線的中繼站，經常有大食國（阿拉伯）和波斯國（伊朗）的商人路過這裡唷。」

「你們這裡有什麼外國商人喜歡的特產呢？」

「沒有，阿拉幹本國並沒有值得一提的產物。不過，翻過背後那道山脈，沿著伊洛瓦底河[80]逆流而上，一直往上走，最後可以到達雲南地區。那地方四周都被險峻的高山包圍，在山之中自成一片天地。據說，雲南的特產自古以來都是那些來做生意的商人順著這條牛馬踩踏出來的山路，運到阿拉幹的海邊。」

「那雲南地區有什麼特產呢？」

「最主要就是麝香啊。其他的香料還有青木香。另外，當地也能挖出翡翠，還有琥珀，全都是尋求珍寶的外國商人垂涎的東西。但對我們阿拉幹人來說，那些載著雲南珍寶的船隻不管駛向哪裡，都跟我們無關，反正，那些貨物只是過眼雲煙，跟我們一點關係都沒有。」

說著，男人又「叮叮叮叮」地搖響身上的鈴鐺，微微顫動肩頭大笑起來。看他那副模樣，安展終於抵不住好奇心，指著正在叮叮作響的鈴鐺問道：

「對了，有個問題想請教你，你那兩腿之間掛著一個鈴鐺，是幹什麼用的？剛才你

---

79 瑪哈庭．錢德拉（Mahataing Chandra）：錢德拉王國的創立者。錢德拉王國創立於西元三二七年，統治範圍在今天的孟加拉國部分地區。這個位於南亞的佛教王國曾經做為密宗佛教中心而蓬勃發展，對大乘佛教向東南亞傳播的過程中發揮了作用。

80 伊洛瓦底河：緬甸境內第一大河，全長兩千一百七十三公里，是緬甸的母親河，催生了緬甸文明。沿岸有許多歷史遺跡，河谷中的重要歷史城市包括蒲甘、曼德勒、仰光。

譏笑我們吃竹筍很可笑，一直笑個不停。真是夠了，你那副德行才更可笑呢。」

狗頭男聽了安展的指責，臉上瞬間浮起悲傷的表情，低頭望著自己的兩腿之間說道：

「你是說這個嗎？這是阿拉幹國的法律規定掛上去的，我們也不能隨便拿掉它。因為所有不幸生了狗頭的男人，按規定都要一輩子繫著這個鈴鐺。」

「那又是為什麼呢？」

狗頭男顯得更加羞愧地說：

「說來話長。簡單說，大約在一百多年前，那時統治這個國家的阿拉幹王，不知是第幾代，但他的姓也是錢德拉。當時國內的好色淫靡之風十分盛行，女人跟狗進行獸交的事情頻頻發生。貴族女性之間甚至蔚為風氣，視為一種高級的休閒活動呢。這種趨勢造成的結果，就是後來不斷生出一大堆狗頭男。最後這些狗頭男的人數，差不多占了阿拉幹國總人口的五分之一。後來到了不知是第幾代阿拉幹王的時代，國王對這種淫靡之風感到十分憂慮，更覺得狗頭男是國家的羞恥，為了不讓狗頭男的數目繼續增加，國王首先想到的辦法是，把女性玩褻的對象，也就是全國的犬隻，全部殺得一乾二淨。然而，就算把犬隻殺光了，只要狗頭男還活著，誰也無法保證他們不會生出第二代、第三代狗頭男。不，應該說，他們生出狗頭男的可能性非常大。所以國王就想出另一個辦法，他決定給這些狗頭男戴上貞操帶，藉此封殺他們的生殖能力。而這個相當於貞操帶的東西，就是鈴鐺。之後，我國的法律就規定，狗頭男必須在男根尖端繫上鈴鐺。如此一來，我們至死都不能接觸女性，當然也就不能繁衍後代了。所以說，國王的目的雖然達到了，最後倒楣的還不是我們這些無辜的狗頭男？等於是說，犯下淫亂罪的是母親，卻要我們這些孩子來還債，不是嗎？」

「原來如此，你說的完全正確。」

「這種丟臉的事，能隱瞞的話，當然最好不要被人知道，事實卻不太可能，別人遲早都會發現的。然後，『阿拉幹是個狗頭男的國家』之類令人厭惡的評語，肯定會傳遍世界。這幾乎已是必然的結果，但我們又能有什麼辦法？」

「不過，未來的事誰知道呢？你也不必這麼悲觀吧？」

安展說著，露出撫慰的表情。狗頭男的眼神彷彿凝視著遠方。

「不，我對未來的事是很清楚的。恕我直言，我們狗頭男擁有一種特別的第六感，未來的事情在我們眼中，就像近在眼前一般清晰。據我觀察四百年後的世界，首先，會有歐洲的旅行家馬可．波羅、鄂多立克、柏郎嘉賓[81]、科律克索的海屯[82]，然後還有阿拉伯的旅行家伊本．巴圖塔[83]等人，他們都會騎馬或乘船經過阿拉幹國的附近，等他們回國之後，一定會把道聽途說的狗頭男八卦在全世界大肆宣揚。甚至還有個同時代的英國人，叫做曼德維爾[84]，也不知這傢伙是何方神聖，他一步也沒踏出過歐洲，更不是親耳聽聞，竟敢不負責任地四處散播狗頭男的謠言。哎呀，真受不了。有些人連地點都寫錯了，還把阿拉幹國寫成安達曼島或尼科巴島。不過仔細想想，他們這種不負責任的做法，也是可以理解的啦。」

狗頭男一說起來就沒完沒了，安展越聽越驚訝，便對他說：

「你跟我們說這種四百年以後的事，簡直就像聽你的夢話，我們聽了也是五里霧中，完全無法跟現實連接在一起。你是不是腦袋有點問題啊？」

圓覺也接口說道：

「這就是所謂的時空錯置呀。好比美洲的原住民看到哥倫布的船來了，就在大喊大叫：『啊！是哥倫布，我們被發現了。』這種話我可聽夠了。跟這種人胡扯下去，是扯不完的。快，我們走吧。」

---

81 柏郎嘉賓：（Iohannes de Plano Carpini，一一八二—一二五二）天主教方濟各會傳教士，是第一個到達蒙古宮廷的歐洲人。返回歐洲後將沿途見聞寫成了《柏朗嘉賓蒙古紀行》，又譯《韃靼蒙古史》，書中詳細介紹蒙古的地理概況、衣食住行、宗教信仰、民間習俗、大汗王室、戰略戰術等。

82 科律克索的海屯（Hayton of Corycus，一二四〇—一三一〇或一三二〇）：奇里乞亞亞美尼亞王國的貴族，曾經以口述方式寫成《東方史之花》一書。

83 伊本・巴圖塔（Ibn Battuta，一三〇四—一四七七）：出生在摩洛哥的穆斯林學者，世界上最偉大的旅行家之一。因發表記述旅行見聞的作品聞名。他二十一歲踏上旅程，前後花費近三十年的時間，足跡遍及所有伊斯蘭國家，遠至北非、西非、南歐、東歐，以及東方的中東、印度、中亞、東南亞和中國，行跡遠超過他的前輩馬可波羅。返回摩洛哥之後將旅遊見聞寫成《伊本・巴圖塔遊記》。

84 曼德維爾：（Sir John Mandeville，出生不明—一三七二），中世紀的英格蘭騎士，一般認為是《曼德維爾遊記》的作者，書中記述了他自稱在東方旅行數十年的見聞，其中包括中東、印度、中國、爪哇島、蘇門答臘島等地的風俗民情。

狗頭男滔滔不絕地說著，四個人早已不想再聽下去，便匆匆招呼一聲，轉身離去。背後傳來狗頭男空虛的笑聲，就像遠處的狗叫聲，不斷發出悲淒的迴響。而在那笑聲之中，還夾雜著叮叮叮的鈴鐺聲。

親王一行聽說阿拉幹的歷代國王都叫作錢德拉，大家便猜測，或許很久以前婆羅門就已來到這裡，眾人因而非常期待，以為佛法在這裡應該非常盛行。誰知到了當地一看，事實似乎跟他們的期待相去甚遠，更不用指望這裡的國王會像盤盤國那樣，派一艘船護送大家前往天竺。親王跟安展、圓覺商討之後決定，還是找大食商人幫忙搭乘便船出海才是最佳對策。

阿拉幹國的海岸地帶呈細長形，東西走向的海岸線延伸得很長很遠。然而，這麼長的海岸線上，卻沒有一座像樣的港口，只有可供船隻停靠的沙灘。而且會來這裡靠岸的商人，全都是舉止卑劣，行跡可疑的傢伙。不過，既然立定了西渡天竺的志向，其他也就不能奢求。這天，親王一行來到沙灘，跟他們物色很久才看中的一位大船的船主見面。船主的名字叫做哈桑，是個胖呼呼的阿拉伯人。親王主動告訴船主，自己是從日本來的，哈桑立即露出好奇的表情說：

「喔，您是從『哇庫哇庫』來的啊？」

親王不懂他的意思，便反問道：

「啊？『哇庫哇庫』是什麼意思啊？」

哈桑笑著說：

「哎，也沒什麼，就像大唐人叫你們國家是倭國，用我們國家的語言，倭國就叫做『哇庫』啦。不必在意。對了，您說有事拜託我，是什麼事呢？」

親王就把大家想搭便船去天竺的意思告訴船主。哈桑沉默半晌，臉上浮起狡黠的笑容說：

「讓各位搭上這艘船，是一件很好辦的小事。不過，上船的人都要遵守一項不成文的規矩，就是必須支付相當的報酬。可我現在看你們這副模樣，也不像多有錢的樣子。我想跟各位商量一下，能不能給我們的生意幫個忙？如果能提供協助，不管是天竺還是哪裡，我都非常樂意順路帶大家去。」

「你說的生意是……？」

「不瞞您說，我們到阿拉幹國來停靠，是為了採集蜜人[85]。」

「蜜人？蜜人這東西倒是從來都沒聽過。」

哈桑壓低聲音說：

「沒聽過也很正常。因為這種東西，通常不會拿出來買賣的。所謂的蜜人啊，簡單說，就是晒乾的人類屍體。從前有些婆羅門發願要捨身普度眾生，就在山裡找個石洞絕食，他們臨終前只吃蜂蜜維生，大約過了一個多月之後，大小便都會變成蜂蜜，最後終於斷氣。他們死後身體不腐爛，反而發出濃郁的香氣。所以叫做蜜人。」

親王聽著阿拉伯人解說，突然想起自己的師父空海上人，他已在高野山的石窟裡入定。親王忍不住說道：

「就跟空海上人一樣啊。」

哈桑疑惑地反問：

「啊？你說什麼？」

「喔，沒什麼，我是說自己的私事。對不起，打斷你的話了。請繼續。」

哈桑重新開口說道：

「若問我們為什麼要採集蜜人？因為它可以製成世界上最貴重的藥品。不管身體受了多重的傷，只要服下極少量的蜜人，傷處就會奇蹟似的立刻癒合。就因為蜜人是這麼貴重的藥材，如果帶進巴格達宮殿[86]去賣給哈里發[87]，肯定能夠賺到大筆銀子。只是，尋找蜜人必須具有絕高的毅力，如果只把這件事當成普通任務去做，是很難成功的。」

---

85 蜜人：據元代文學家陶宗儀撰寫的《南村輟耕錄》〈卷三．木乃伊〉記載，古時民間有吃「蜜人」的祕方，老人生前服用蜂蜜，死後浸泡在蜜中，在棺蓋上刻下年月日再埋入土中，百年之後挖出來，就是一劑醫療價值極高的祕方。

86 巴格達宮殿：指阿拉伯帝國的皇宮。阿拉伯帝國是中古時期阿拉伯人建立的伊斯蘭帝國，前後歷經六百多年。巴格達曾在帝國後期的阿拔斯王朝成為首都。

87 哈里發：阿拉伯帝國的統治者。

安展這時插嘴問道：

「你說要去採集，所以，蜜人究竟在哪裡啊？」

「各位大概都知道，阿拉幹國的背面有一條山脈，每年夏季，強勁的季風從孟加拉灣吹過來，所以山脈靠我國的這邊，雨水極為豐沛，土地經常保持溼潤的狀態，但只要翻過山脈，到了另一邊，景觀就完全不同了。那邊是一片廣闊又乾燥的土地。就是在那片沒有一草一木的沙地裡，到處散落著許多蜜人呢。」

聽到這裡，圓覺又疑惑地插嘴問道：

「你說婆羅門在山中的石窟裡圓寂，之後變成香氣濃郁的蜜人。假設那片沙地裡到處都有蜜人倒在地上，那些屍體只是路倒患者吧？」

阿拉伯人很明顯地露出不悅的表情說：

「我們不管那些。反正我們的業務就是把蜜人弄到手，蜜人原本是什麼身分，我們可不會去追究。管它是婆羅門還是路倒病患，我們是不管的。」

親王覺得惹怒哈桑對大家都沒有好處，便不經意地換個話題說：

「你剛才說，到山脈另一邊的沙地去採集蜜人，會遇到極為艱困的狀況，是為什麼呢？」

哈桑一聽這話，立刻換了一副表情說：

「嗯，這才是重點啊。那片沙地日晒炎熱、狂風怒吼，人類是無法步行前去的。所以前往當地時，必須全身都用蓑衣遮得嚴嚴實實，免得砂礫打中臉孔和手腳。然後搭上一艘附有輪子的獨木舟，舟上裝置六尺多寬的船帆，一面利用風力推進，一面還必須用兩腳快速踩動牽引車輪的踏板。就算只用兩腳踩踏，也會耗費大量體力。等你好不容易到達那片沙的中央，就能看到滿地都是黑漆漆的蜜人。這些蜜人要如何採集呢？我告訴你們一個祕訣，事先準備一個像耙子的工具，然後勾住蜜人，直接拖著在沙地前進。但你們絕對不可以離開獨木舟！一旦離開獨木舟，馬上會被炙熱刺眼的陽光晒得頭昏眼花，就再也無法回到獨木舟上去了。」

「也就是說，採集蜜人的任務失敗的話，自己就會變成蜜人。」

親王說完，阿拉伯人瞪大眼睛用力點著頭說：

「對對對，就是這個意思。看來你已經明白那片沙地為什麼到處散落這麼多蜜人的理由了。不過啊，我說採集蜜人是一項艱難的任務，並不只是因為這個理由。其實，還有比這更麻煩的事情喔。」

「那是什麼呢？」

哈桑轉動視線輪流注視著眼前的四人，他緊緊盯著每個人的臉孔看了半天，然後才緩緩說道：

「海市蜃樓這東西，你們都聽過吧？這種現象會出現在海上，有時也會出現在熱風吹襲的沙地。究竟是什麼樣的氣象原因造成這種現象，我是不太清楚啦，反正在山脈另一邊那片沙地裡，經常會發生類似的現象。只要熱氣在沙地上停滯沉積，那些滿地散落的醜陋蜜人，其實應該叫做『人類殘骸』的東西，全都會化身成美女。如果只是這樣，也沒什麼大不了的，問題是，那些去採集蜜人的男人，都在用兩腳用力蹬踩踏板。也不知是否因為這種動作的刺激，他們會感到腰部周圍在不知不覺中生出一種奇異的感覺，這種感覺越來越高漲，也就是說，他們會發覺自己的男根正在逐漸抬頭。萬一出現了這種情形，那一切都完了。別的不說，任務是不可能達成了。為什麼這麼說呢？因為男人用耙子去勾蜜人的時候，美女的幻影會浮現在耙子的尖端。原已瀕臨射出瞬間的男人，一看到美女的幻影，立即就會射精。接著，等他靠近其他的蜜人時，眼中看到的又是美女，於是他再度射精。美女的幻影不斷在眼前浮現，令人眼花撩亂，男人只要一直踩著獨木舟在沙地上飛馳，他就無休無止地不斷射精，最後搞得渾身無力，精疲力竭，根本就不可能採集蜜人了。」

親王等四人聽了這番離奇的描述，都說不出一句話來，只能驚異地瞪著阿拉伯人的臉孔。不過哈桑卻毫不在乎地說道：

「我這次到阿拉幹來，也派了三個年輕人到山脈那邊的沙地，目的就是去採集蜜人，結果好驚人啊。不瞞你們說，三個人沒有一個倖免，全都輕輕鬆鬆就被沙地裡的怪物迷倒了。連一個蜜人也沒帶回來。其中一人也不知哪裡出了錯，竟然失蹤了，根本就沒從那片沙地回來。另外兩人好不容易回來了，卻都像丟了魂似的，現在等於是半個病人。」

「那真是太可憐了。」

「可憐也沒辦法。當初就是為了採集蜜人，才帶他們坐船到阿拉幹來的。可是現在船上能幫我去找尋蜜人的工人，一個也沒有了。難道我就只能空著兩手回國了？一想到這裡，我就覺得遺憾極了。」

說著，哈桑用一種等待解答的眼神來回看著四個人的臉孔。半晌，安展開口說道：

「所以你是想叫我們四個人去幫你採集蜜人吧。這就是你說的交換條件吧？」

「哎，就是這個意思。」

安展迫不及待地答道：

「不行。我們好歹已是皈依佛門之人，這種利欲薰心的事，我們絕對不做。豈有此理。」

這時，親王低聲制止安展說：

「等一下，安展。不可急躁。關於這個問題，我們還是先行告辭，回去以後，四個人好好商量一下再做決定也不遲吧？」

於是親王向阿拉伯人要求，希望再給他們一點時間。說完，四個人結束了他們跟阿拉伯人的第一次會面，匆匆離開了沙灘。阿拉伯人則在船上冷笑著目送四人離去。

等到只剩他們四人時，安展立即言辭尖銳地責問親王說：

「親王，別開玩笑啊。您竟準備去做那個貪婪的大食人提議、賤民才做的卑賤差事嗎？雖說我們眼前的當務之急，就是要前往天竺，但那種工作，您不覺得對佛門子弟太鄙俗、太不適合了嗎？」

圓覺也表示贊同說：

「安展說的沒錯。而且那個男人說什麼婆羅門變成了蜜人，我覺得不論怎麼看，那玩意只不過是路倒病患的乾屍罷了。用那種材料作成的藥品，究竟有沒有藥效，我實在很懷疑。親王，您還是小心一點吧。」

這時，就連剛才一直沒說話的秋丸，也在這緊要關頭開口了：

「親王，危險的工作還是別碰吧。到時候別說天竺去不成，要是搞成偷雞不成蝕把米就糟了。」

親王聽完三人分別表達了想法，這才開口說道：

「這件事不需要想得那麼複雜。我聽那男人介紹蜜人的時候，腦中突然想起我的師父空海上人。師父在高野山入定之前，雖然沒有吃蜂蜜，但他也主動斷食，全副精神都專注在坐禪上。所以說，上人等於也變成了一種蜜人啊。」

「但那個大食人所說的蜜人，都是來路不明的傢伙。」

「那也沒什麼關係吧。人死之後，一切皆成[88]。其實我很想試探一下自己，到那個男人說的山脈背後的什麼沙地去，看著那些散落滿地的蜜人乾，藉此修持不淨觀[89]。」

「喔？不淨觀？」

「嗯。我自認修行多年，小有所成，應該不會被海市蜃樓迷倒，更不可能把蜜人看成美女。這種程度的自信，我還是有的。而且我反而覺得，越看蜜人越能領悟不淨的含意。你們不必擔心。山脈的那一邊，我一個人去就好，你們在這裡安心等候吧。那個蜜人究竟是什麼東西，我一定要去見識一下。」

親王既已明確表達了心願，其他三人也不知如何反駁，只好聽從親王一時興起的安排。

原本阿拉伯人似乎以為，採集蜜人的任務一定會派給安展或圓覺。當他聽說是年紀最大的親王要去，立刻露出驚訝的表情，但並沒多說什麼。

獨木舟全長約九尺，上面支起一面寬約六尺的船帆，左右兩側分別裝置一個木輪，坐在船上的人就像騎腳踏車那樣用腳蹬踩，木輪便隨之轉動。由於那片沙地和普通的沙漠不一樣，地面非常堅硬，車輪不會陷進沙中。船帆如果受風推動，獨木舟就會像帆船一樣在地上滑行。雖不知這種工具是誰發明的，但要在這片沙地上行走，這種獨木舟可說是最有效的交通工具了。

---

88 一切皆成：佛教術語。即「一切眾生皆可成佛」之意。

89 修持不淨觀：「修持」是佛教徒依照佛法修正自己因妄念而產生的種種錯誤，通過持之以恆的實踐，達到求證佛果的目的。「不淨觀」是佛教禪宗的重要修行方法，用通俗的說法來解釋，就是「靜心寡欲，做到心無雜念、拋除淫念」的意思。不淨觀的心態就是指過於沈迷女色。所以出家人必須戒除雜念。只有戒除「淫戒」才能真正做到「不淨觀」。

眼前的沙地像海浪般高低起伏，一直延伸到遠處，根本看不到盡頭。沙地上連一根草、一棵樹都沒有。看起來就像褐色的海洋被狂風吹起驚濤駭浪之後突然凝住了似的，令人感覺非常恐怖。沙地的表面閃閃發光，某些地點的渾濁空氣受到地表熱氣的蒸騰，出現幾處朦朧搖曳的小型海市蜃樓景象。令人窒息的熱空氣層層堆疊，垂向低空，所有的物體看起來都像有兩三層疊在一起。這裡確實就像那個阿拉伯人說的，即使有獨木舟可以乘坐，也得做好萬一失敗的心理準備。

親王全身都用細竹編成狀似盔甲的服裝緊緊裹住，藉此抵擋狂風吹來的砂礫。準備妥當後，他懷著奮勇出征的心情登上了獨木舟。這時剛好是正午，風向和風勢都正合適，親王只用腳輕輕一踩，獨木舟立刻滑過沙地，向前飛馳而去。沒想到獨木舟這麼容易操作，親王的心情一下子放鬆了，甚至還覺得有點不夠過癮。陣風的呼嘯聲從他耳邊擦過，獨木舟搖搖晃晃地快速向前。剛出發沒多久，親王只覺得這種飛快的速度令人陶醉，他腦中一片空白，全神貫注地關注著獨木舟前進。但過了不久，親王猛然驚覺，自己這樣坐在舟上，是不是太享受了？這樣下去，不知最後會有多痛快呢。我可得提高警覺，他想。但奇怪的是，他越這樣警惕自己，心情卻越舒暢，最後弄得他不由自主地緊張起來。

親王拿出從不離身的念珠，揉著珠子面向南方念念有詞。「南無遍照金剛[90]，南無遍照金剛，南無遍照金剛。」一連念了三遍之後，堵在胸口的不安竟奇蹟般消失了，原本正在沙地上飛馳的獨木舟，這時突然船頭朝向空中抬起，「咻」地一下離開了地面，像飛船似的在空中飛行。船帆被風吹得鼓鼓的，獨木舟的船身輕巧地上下飄動，繼續飛向前方。親王轉眼俯視下方，看到沙地上散落著許多黑點般的東西。那些物體肯定就是蜜人。親王凝神注視地面，彷彿想從上空看清那些黑色物體的模樣。

阿拉伯人曾說過，那些蜜人會被看成美女，親王卻覺得跟美女相差甚遠。那些散落在沙地上的物體，肯定都是人類屍體，全醜陋得難以形容。有些屍體雖有人類的腦袋，

---

90 南無遍照金剛：「遍照金剛」是大日如來的密號，也是日本真言宗祖師空海大師在中國求法時的法號。「南無」是「我願皈依」之意。大日如來是佛教密宗至高無上的本尊，也是密宗最高階的佛。密宗所有的佛與菩薩都從大日如來所出。

卻是野獸的身體；有些屍體沒有腦袋，只有身體；有些只剩半邊身體；有些是兩個腦袋一個身子；還有些是一個身子三個腦袋；有些屍體雖有腦袋但沒有臉孔；有些屍體只有臉孔沒有腦袋；還有的屍體長著三個眼睛，有些連一隻手也沒有；有的屍體長了三條腿，有些全身只剩骨架；有的全身長滿獸毛，有的肚子上有個大洞；有的屁股上長了尾巴，有的嘴唇長得垂到地面；還有的左右兩耳比臉孔還大，有的眼珠滾落在距離身體一尺之外的地上，總之滿地都是支離破碎的屍體。

親王坐在飛行獨木舟裡鳥瞰地面，越看越能深切領悟人類的不淨。他慶幸自己前來觀察蜜人。因為看到了蜜人，他才能更進一步踏入解脫境界[91]。想到這裡，親王甚至想向那個一問三不知的大食人表達謝意，他覺得心情非常舒暢，兩腳更賣力地踩著獨木舟的踏板。

這時，獨木舟早已遠離阿拉幹國的國界，正沿著下方隱約可見的伊洛瓦底河朝向北邊的上游前進，船身就這樣一路逆流飄向北方，不知過了幾小時，親王舉目眺望，看到雲南著名的群峰並排聳立在層層雲海的對面，他覺得自己好像正要返回久違的家鄉，心底莫名地充滿了喜悅。只是，這艘簡陋的獨木舟，真的能飛到雲海的盡頭嗎？但他又轉念一想，與其暗自擔憂，不如採取行動吧。於是他用力踩起踏板，獨木舟便輕巧地越過前方的崇山峻嶺，一逕朝向東北方飛去。

不久，獨木舟越過祿卑江[92]，又越過怒江、瀾滄江，在那山峰與山峰之間，親王看到一汪湖水閃耀著水光，就像一面小鏡子似的。那應該就是位於大理盆地中央的洱海（西洱河）吧。以洱海為分隔點，蒼山位於洱海前方，蒼山的對面則是山壁崢嶸，岩石林立的雞足山。啊，我終於到雲南了，親王暗自感嘆。他是正午出發的，這時太陽已經快要下山，鮮紅的夕照把遍布周圍的群山染成了紫色。親王則在上空俯視著地面的景色。

91 解脫境界：在佛教中是指擺脫煩惱業障，遠離一切貪瞋痴妄想的自在無礙狀態。

92 祿卑江：也叫做祿郫江或麗水，即現在的伊洛瓦河，是南詔國進入現在的緬甸的主要通道之一。

每遇到這種狀況，親王肯定會打瞌睡。或許是因為之前的緊張情緒消失了，心情也就跟著放鬆了吧。好在這時的船帆被風吹得十分鼓脹，獨木舟也在自動向前飄移，親王就算不踩踏板，似乎也不必擔心船身會突然墜落地面。於是，在那豆莢形狀的獨木舟裡，他仰面一倒，閉上了眼睛。其實我們也不用多做介紹了，這項技能可是親王的特長啊，他只要闔上眼皮，就能立即走進夢鄉。

睡夢中的親王只有三十五六歲，不知為何，他正獨自站在一棵極高的杉樹頂端。究竟為什麼爬到這麼高的地方來呢？他怎麼想也想不出理由。不久，夕陽逐漸西沉，親王感到一種難以忍耐的孤寂，便身手輕巧地從杉樹頂端滑下來。到了地面一看，周圍有許多正在建造的佛塔佛堂，感覺這裡很像是高野山。山上的寺院最早是由空海上人所建，直到不久之前，上人都一直住在這裡。對了，我應該去向師父問候一下。親王腦中突然浮起這念頭，便向院內唯一燃著燈光的佛堂走去。

到了佛堂門前，他朝屋內望了一眼，看到上人似乎正在專心修法[93]，佛燈射出明亮的燈光，護摩[94]爐中燃著熊熊烈火，佛壇上供著孔雀明王[95]雕像、羯磨杵[96]、孔雀尾毛等物品，坐在佛壇前方的上人正集中精神進行觀想，口中不斷誦念陀羅尼[97]。這時，上人突然回頭說道：

「哎呀呀，親王禪師，歡迎光臨。」

---

93 修法：密宗舉行的加持祈禱儀式。事先架設祭壇，將佛像或菩薩像置於壇上，護摩爐中焚火，法師以結手印、誦念真言咒、觀想等方式為眾生祈求佛祖加護。

94 護摩：梵文的焚燒或火祭之意。最早來自婆羅門教，後來融入佛教成為一種修行儀式，也是密宗的重要修行手段，儀式進行時，把供物投入事先架設的護摩爐進行供養。

95 孔雀明王：佛教的神明，也稱大孔雀明王菩薩、佛母大孔雀明王、孔雀多羅菩薩。漢傳佛教與「東密」（日本佛教的真言宗）認為孔雀明王是大日如來、釋迦牟尼佛的化身。主要功德在於消除毒害與病苦、護國息災、祈雨停雨。

96 羯磨杵：佛教密宗的一種法器，代表堅固鋒利之智，可斷除煩惱，驅除惡魔。通常法師修法時，在大壇的四個角落各置一根羯磨杵。

97 陀羅尼：佛教的一種咒文，因為是有幾十句或千百句的長咒，通常並不意譯，而直接以梵文的原文發音誦念。

親王抬眼望去，那張臉孔已經不屬於活人，看起來就像塗上金漆並鑲嵌玉石眼珠的木雕佛像，臉皮僵硬而沒有任何表情。喔，上人知道自己死期已近，不再進食，每天只服用丹藥，結果就變成這副面容啊？親王感到悲痛萬分，不忍直視上人，便把視線轉向一旁。誰知上人卻看不出一絲悲傷的神情，反而像跟親王開玩笑似的說：

「親王禪師，您又去爬杉樹啦。看到什麼了嗎？」

親王也陪笑說道：

「不好意思，真的什麼事都瞞不過上人啊。沒有，什麼都沒看到。也不知怎麼回事，我就是天生喜歡極高的地方。」

「您不但喜歡高處，也喜歡遠處。我想您會爬到杉樹的頂端，一定是因為您想從那裡遙望天竺吧。」

親王原本並沒有這種想法，但現在聽到空海上人的說法，他覺得這樣解釋自己的行為也很不錯。

「原來如此，或許真的是因為這個理由吧。」

「像殿下這樣的人，我從來沒見過。據我觀察，您總是心懷壯志，把自己的志向寄託在極為遙遠的異域偏鄉。我從前年輕的時候，雖曾到過唐土，但比唐土更遙遠的天竺，我從來沒去過。您已打算將來要去天竺吧？」

「誰知道呢？將來的事情……」

「不，肯定不會錯的。恕我直言，憑我這雙慧眼的觀察，您將來雖不能到達天竺，卻有意想不到的幸運降臨，使您不得不前往南洋諸國遊歷一番。我若不是有病在身，來日無多，真的很想在您將來前往天竺時，與您同行呢。」

「感謝上人的盛意。」

「原本是打算把這座高野山托付給您，但我現在改變了主意，也已下定決心。我看出您的志向極為遠大，不該把您侷限在這狹窄的日本國內。高野山當然是可以交給您的，但您將來急著動身前往天竺或其他地方的時候，處理善後就會給您增加很多麻煩。我說的對吧？親王禪師。」

上人似乎在笑，但他的臉孔卻像一張閃閃發光的金屬面具，完全看不到屬於人類的表情。

這瞬間，親王覺得上人身後的佛壇上，那座馱著明王菩薩的孔雀雕像突然扭動一下布滿蛇鱗紋的長脖子，寬約三尺的孔雀似乎還搧了一下撐向兩側的翅膀。親王簡直不敢相信自己的眼睛。更令他驚訝的是，仔細一看，那張充滿傲氣的鳥臉竟是一張女人臉。說得更直接一點，那張女人臉長得跟藤原藥子一模一樣。看來逝去的藥子好像跟鳥類有緣，因為她已數度化身為鳥類出現在親王的夢裡。難道藥子去世後變成了孔雀，而且順利飛進女人禁入的高野山寺院區，假扮明王菩薩的坐騎？這件事，難道空海上人也知道嗎？

孔雀這時彷佛也感覺到親王正在凝視自己，牠再度扭了一下脖子，發出一連串低鳴：「呵呵呵呵呵……」

上人也注意到孔雀的動靜，便回過頭，向佛壇上的孔雀招招手。孔雀踩著鳥爪狀的腳趾，一步一步緩緩走下佛壇，來到親王面前。霎時，原本馱在背上的孔雀明王不見了。不，與其說明王菩薩不見了蹤影，不如說是親王已經代替孔雀明王，「砰」地一下坐上了鳥背。不知從何時起，夢中的親王無法分辨自己跟孔雀明王之間的差異，他已經取代了孔雀明王的位置。或許也因為是在夢裡，才會發生這種轉換吧。

「再會，親王禪師。我們雖不能在天竺重逢，但總有一天，還是能在哪裡再見的。請相信我。」

耳中聽著上人的道別聲，孔雀飛快地拍動翅膀，輕快地馱著親王翱翔在高野山的上空。

親王從高空向下眺望，看到一片墨綠色杉林的角落裡，矗立著一座狀似五輪塔[98]的建築。那裡就是奧之院[99]。然而，上人卻還活著，我剛剛才跟上人告別的，怎麼那裡就已建成了奧之院？這也太神奇了。所以說，夢中的親王顯然把時間的先後弄混了。親王接著又想起三十年前，空海上人的七七法會之後，他負責護送上人的靈柩到奧之院。當

98 五輪塔：佛教浮屠塔的一種造型，由五個輪堆疊而成，五輪分別代表宇宙的五大要素：地、火、水、風、空。

99 奧之院：弘法大師空海的墓園，位於高野山大殿後方，相傳空海至今仍在墓中入定。

年為了走完那段漫長的路程，大家都曾花費好大一番工夫吧？親王回想到這裡，又重新專注地凝視地面。

沒多久，在那條通往奧之院的路上，他看到一大群人像螞蟻似的排著隊伍，緊跟在裝著遺體的靈柩後面。隊伍靜靜地向前移動，其中有六人身穿僧服，態度恭敬地扛著靈柩。他們都是空海上人的高徒。親王從高空一一確認他們的臉孔。那個人是實惠。那人是真然。還有真紹、真雅、真濟。然後，親王看到排在隊伍最後的那個人，居然是他自己。「啊！」他不禁發出驚呼。雖然是從高空遠眺，但在夢裡看到的自己的臉孔，親王還是有生以來第一次。

隨著親王發出「啊」的一聲，孔雀一邊飛翔一邊像回應他似的，又發出一陣鳴叫：「呵呵呵呵……」刺耳的叫聲終於把親王從睡夢中驚醒。原本以為自己正騎在鳥背上飛舞，原來他仍然坐在那艘奇妙的飛船裡。

洱海原本叫做「昆明池」，位置大約在大理盆地中央，後來因為形狀像人的耳朵，所以有了「洱海」這個名字。洱海的西邊是高聳的蒼山山脈，跟洱海相對而立。古代居住在周圍的部落被稱為「西洱河諸蠻」，也叫「昆明夷」。這個名稱當然也來自這座位於瑰麗群山之間的大湖的名字。後來到了西漢時代，昆明夷被改名叫做「哀牢夷」，唐代則稱之為「白蠻」。八世紀出現的南詔國，就是以定居在大理盆地的農耕民族「白蠻」為主，後來合併再山間的遊牧民族「烏蠻」之後建成的國家。不過，因為南詔國的王室是烏蠻出身的蒙氏，或許應該說，南詔國是以烏蠻為主才更正確吧。總之，南詔國的種族分為白蠻和烏蠻兩種。烏蠻的代表性種族可以說是羅羅族，但是烏蠻並不是只有羅羅族一族，而應該視為包括磨些族、栗粟族等藏緬語族[100]的少數民族的總稱。

　　前面提到阿拉幹國王的名字裡，全都以「錢德拉」結尾，而有趣的是，南詔國歷代君王的名字則是採用接龍的方式。據學者推測，這是烏蠻的一種習俗，為了證明這種習

100 藏緬語族（Tibeto-Burman languages）：分布於西藏地區、中國西南部、印度東北部、尼泊爾、巴基斯坦、不丹、緬甸、泰國、越南等地的語系，共有四百多種語言，主要語言包括緬甸語、藏語、彝語等。

俗，我們在這裡列出南詔國第一代到第八代的國王名字：細奴羅、羅盛、盛羅皮、皮羅閣、閣羅鳳、鳳伽異、異牟尋、尋閣勸、勸龍晟[101]。不過其中的鳳伽異在即位前就死了，所以異牟尋應該是第六代。

獨木舟的高度逐漸降低，朝著耳朵形狀的洱海繼續飛行。船身輕盈地滑過蒼山山脈後，飛向聳立在洱海東邊的雞足山，然後在山頂降落。雞足山的名稱來自山脈的走向，因為其中三條山脈向前，一條山脈向後，整體看來很像雞爪。獨木舟降落時，天也快要亮了，令人清爽舒暢的清晨已經降臨。

親王選擇雞足山頂作為降落地點，並沒有特別的理由。他只是還沒有從剛才的夢境走出來，心底似有一絲朦朧的預感，覺得自己或許能在這座山上遇到空海上人。至於為什麼會有這種預感，他也說不出理由。不過，類似這種預感，或許反而更可信吧。

雞足山長期遭受狂風暴雨的侵蝕，外觀就像一座崢嶸怪石堆成的石塔。這麼險峻的山勢，在日本是很難想像的。這時，環繞群山的晨霧正在前仆後繼地湧向絕壁之間那條坡度和緩的小徑，親王挺起胸膛，用力吸進一口清晨的空氣。他一路前行，發現岩壁上刻著一些引人注目的女陰浮雕，親王因此推測，這條路在古代已有許多行人通過。面對眼前那些女陰石雕，親王一點也不驚訝，就像他當初在真臘國看到林伽，也是絲毫不為所動。

雞足山的風景千變萬化，極富雅趣，正如明代旅行家徐霞客[102]在文章中的描述：「雞山一頂而已萃天下之觀[103]」。不過，這些對親王來說都沒有任何意義。他的眼裡根本看不到任何景色。因為他現在只顧著邁步向前，彷彿正在追逐什麼似的。究竟是在追逐什麼？還是在尋找什麼？他似乎也說不清。但是細細想來，自己這一生當中，好像總

---

101 此處原文寫做「勸龍盛」，正確名稱應為「勸龍晟」。

102 徐霞客（一五八七—一六四一）：明代地理學家、旅行家、探險家、文學家。本名徐弘祖，號霞客。二十二歲那年開始周遊各地，後來因為腳疾，無法行走，便專心編寫遊記。去世後，遺作由好友整理成書，名為《徐霞客遊記》。

103 雞山一頂而已萃天下之觀：原文為「即一頂而已萃天下之四觀」，出自《徐霞客遊記》的〈雞山志略〉。「四觀」指雞足山的四大景觀：東看日出，西望洱海，南觀祥雲，北眺玉龍雪山。徐霞客在文中盛讚雞足山的風景，只要登上這座山，便可看盡天下四大景觀。

是為了追逐著什麼而在不斷奔波。究竟要追到哪裡才算盡頭呢?究竟要找到什麼才能獲得最終的滿足呢?儘管心裡懷抱著這種疑問,而事實上,他又好像早已明白自己究竟在追逐什麼,在尋找什麼,彷彿一切都已了然於心。他已經做好心理準備,不論發現了什麼,自己應該都不會大驚小怪。他有一種預感,到時候只要說一句:「啊,原來如此啊?」這句話將能化解一切。

走過令人眼花的懸崖邊緣,穿過數不清的岩洞石門,親王從山頂繞過,來到山峰的背面,那裡有個在山岩上鑿成的石窟。應該是遠古時代就已建成的。石窟的洞口安裝著一扇早已腐爛的木門。親王毫不猶豫地用力推倒了門扉。霎時,眼前就像霧氣瀰漫的暗夜,一片漆黑,什麼都看不見。

親王茫然若失地站在門外等待塵霧消散。半晌,終於吹來一陣風,拂散了霧氣。他看到石窟深處的岩壁上,有個在岩石上鑿成的嵌入式壁龕,隱約可見凹陷的龕中浮現出一個人形物體,他的雙腿盤成跏趺坐[104]姿勢,雙手擺成大日如來定印[105],身上塗著漆料,雙眼嵌入玉石,早已失去了生命,但跟親王在夢裡看到的空海上人的幻影十分相似。

不，他覺得自己一定是跟夢裡的上人重逢了。那個夢雖然剛剛做完，卻好像是很久以前的夢，夢中的一切彷彿發生在非常久遠的時空裡。

「上人，終於又見到您了。您果然料事如神。世上再也沒有比這更高興的事了。」

說完，親王在石窟的蜜人面前深深低頭，行了一禮，然後用衣袖拭去眼中湧出的淚水。

104 跏趺坐：佛教術語，打坐時二足互相交叉，右腳盤放在左腿上，左腳盤放在右腿上的坐姿。因佛禪定時常用這種坐姿，所以也叫禪定坐。

105 大日如來定印：即「大日如來禪定印」，結印方式是把兩手交疊放在肚臍下方。密宗的「定印」即是表示入定的一種手印。

鏡湖

南詔國地處雲南的崇山峻嶺之中，跟親王之前去過的南洋諸國比起來，這個國家各方面都很與眾不同。首先氣候就跟南洋不一樣。明代文人楊升庵[106]當年因觸怒嘉靖帝，被貶到雲南，他曾作詩描寫雲南的天氣：「花枝不斷四時春」。而這裡的天氣正像他所

106 楊升庵（一四八八—一五五九）：明朝著名學者、文學家，本名楊慎，升庵是他的號。曾因率領百官要求明世宗承認自己過繼給孝宗，因而惹怒皇帝，被貶到雲南。楊升庵曾寫詩〈滇海曲十二首〉，描寫滇池周圍地區的名勝古蹟與風土人情，這一段裡提到「花枝不斷四時春」，是〈滇海曲〉第六首的最後一句，被後人稱為「詠讚春城昆明的千古名句」，全詩如下：「蘋香波暖泛雲津，漁枻樵歌曲水濱，天氣常如二三月，花枝不斷四時春。」本書原文寫「楊升菴」，正確名稱應是「楊升庵」。

描寫的，不冷不熱，溫暖宜人。所以這裡也比南洋諸國更適合居住。不過，雲南雖說從很久以前就已經由滇緬道[107]跟印度進行貿易，但在文化方面，中國對雲南的影響還是比印度更深遠，譬如南詔國的官制、佛教，全都模仿中國，佛教的寺院建築也都充滿中國風味。從這個角度來看，南詔國跟屬於印度文化圈的真臘、扶南和盤盤是完全不同的國家。到了第四代國王皮羅閣的時代，唐玄宗冊封他為雲南王，之後，南詔國的歷代國王再也不掩飾他們對中國文化的嚮往，有時北上入侵成都，搶奪財物或擄走工匠；有時甚至毫不掩飾地直接要求大唐公主下嫁。對南詔國的貴族子弟來說，他們最大的心願就是到大唐去留學。

《新唐書》的〈南蠻傳〉曾提到，南詔國第十代國王豐佑因「慕中國，不肯連父名」，所以到了第十一代國王世隆的時候，便把第一代傳到第十代的烏蠻舊俗父子連名制拋棄了。所謂父子連名制，就是用父親名字的最後一個字當成兒子名字的第一個字，也就是接龍式的命名法。而對仰慕中國的國王來說，或許會覺得這種命名法是一種令人鄙視的愚昧陋習吧。

話說高丘親王在雞足山的山頂石窟裡拜別蜜人之後，懷著滿足的心情朝山下走去。自從他踏上旅途以來，身邊總是有安展、圓覺、秋丸三人陪著一起行動，現在是他第一次單獨行走在陌生的國度。親王雖曾擔心自己在路上會感到畏怯，但他現在完全沒有那種感覺，一路走下山來，看到翠綠的山麓開滿各式各樣的春花，他很自然地加快腳步，感覺自己彷彿又變成了年輕人。眼前的景色在陽光強烈刺眼的南國是絕對看不到的。親王甚至生出一種錯覺，以為自己已在不知不覺中回到了日本。

但是不知為何，像這樣向前走著，心裡卻生出一種奇怪的不安，彷彿以往的自己被他遺落在哪裡似的，又好像心裡缺了什麼似的。但他卻說不清這種感覺是因為雲南這個地方，還是出於自己本身。總之，他感到非常忐忑，好像從前的自己跟三名隨從被他丟在阿拉幹國，而另一個自己卻獨自搭乘飛行獨木舟飛到了南詔國。這種感覺令他感到全

107 滇緬道：連接中國西南與印度的一條通道，早在西元前四世紀末已經開通。這是中國與印度之間最早的交流通道，主要路線是從四川出發，經過雲南、緬甸，最後到達印度。

身輕飄飄的。從另一個角度來看，這種感覺也讓他感覺十分暢快，好像自己掙脫了自我的桎梏之後，正在嶄新的自由天地裡遨遊。那我還是好好享受這種暢快的感覺吧，親王樂觀地做出了結論。

快走到山下時，他發現山岩陰暗處有個隱密的洞穴，洞口前方的地上有一堆狀似死鳥殘骸的物體，鳥毛的顏色看起來豔麗繽紛。親王走近一看，原來並不是整隻的鳥屍，而只是一左一右的兩隻鳥翅。這對翅膀非常大，大得可以披掛在人類身上，翅上的羽毛閃耀著略帶藍黑的光澤。親王突然想起他在真臘國後宮看到的那些顏色各異的鳥身女人。不過，眼前掉在地上的，既不是一隻鳥，也不是一個女人，而是沒有鳥身的軀殼，並且只是一對翅膀。親王伸手想撿起翅膀來，這才意外地發現那對翅膀溼漉漉的。

就在這時，他感到身後有些動靜，便回頭朝向洞穴望去，只見洞口站著一個孩子，似乎剛從洞裡走出來。那孩子一看到親王回過頭，便立刻轉身跑進洞裡。雖然只是一瞬間，親王已看清那身影是個半裸的孩子。從那滿頭長髮可以看出，應該是個女孩，年紀大約十五歲吧。天空陽光燦爛，四周一片寂靜，眼前發生的一切，就像一場瞬間結束的白日夢。

親王不禁感到好奇，便躲在岩石暗處的一棵大樹後面，等待女孩再次走出洞口。她一定還會出來的。一定會出來拿那對鳥翅吧。親王暗自盤算，果然，沒多久，女孩緩緩從洞口探出腦袋，一面謹慎地觀察周圍，一面快步奔向鳥翅，兩手迅速捧起鳥翅便匆匆逃回洞裡。

親王看到女孩的舉動，暗自思索後得出這樣的結論：因為那對鳥翅溼透了，女孩就將鳥翅放在洞外，想讓鳥翅晒晒太陽吹吹風，把它弄乾，但她拿出來之後就開始擔心，那樣放在外面不管，說不定會被別人偷走吧？她又跑出來想收回鳥翅，結果卻看到親王在洞外。她肯定在洞裡急得要命，擔心鳥翅被親王拿走，又從洞裡探出頭來。等她看到鳥翅平安無事放在原處，這才放下心中的大石。由此可知，這對鳥翅對女孩來說，是非常重要的東西。

親王望著那個藏在岩石暗處的洞口，洞穴裡似乎很深，看來就像一張黑漆漆的大嘴。要不要進去看看呢？親王思索著。半晌，他終於下定決心，小心謹慎地朝向昏暗的洞內踏出第一步。

大約走了十步，背後射來的陽光就完全照不進洞裡了。接下來，就是一片黑暗，黑得連眼前都看不清楚，親王只能扶著岩壁前進，潮溼的通道忽高忽低，左拐右拐，他已經無法分辨方向，只能順著通道，朝向聽不到一絲外界聲響的地底深處走去。經過幾處看似階梯平台的地方之後，親王覺得自己已經到達深陷地下的某處。這時，他忽然發現黑暗的盡頭亮著一星火光，不禁大吃一驚，便小心謹慎地一步步朝向那個光點走去。前方的岩壁上挖了一個洞，大小只能讓人彎著腰鑽過去，剛才看到的火光，似乎就是從那個洞裡射出來的。

親王的眼睛貼近洞口觀察洞內，原來剛才看到的光點，是在洞裡燃燒的火堆。洞裡是一間相當寬敞的石室，火堆就在房間的中央，剛才的女孩背靠石牆坐在房間的最深處，那對鳥翅被她披在身上。看來她似乎想用火堆和體溫烘乾鳥翅上的水分。女孩不時抬起雙手，搖著那雙沉重的翅膀，石室的牆上映出不斷跳躍的巨大身影，看起來很像一隻飛舞的蝙蝠，親王凝神注視室內，剛才沒能看清女孩的臉孔，現在藉著火光，看清女孩面容的瞬間，他簡直不敢相信自己的眼睛，嘴裡不由自主地發出無聲的反問：

「這不是秋丸嗎？妳、妳怎麼會在這裡？」

女孩真的越看越像秋丸。他甚至反問自己好幾遍，她就是秋丸吧？哎呀，如果說她不是秋丸，我是怎麼也不能相信的。他感覺自己彷彿置身夢中，一心只想更靠近女孩一點，於是情不自禁地拚命蜷縮身子，企圖快點從洞口鑽進去。但他很快就發覺，這是一件不可能的任務。除非他有女孩那種窄肩細腰的身材，否則無法隨意鑽進那麼狹小的洞口。像他那樣寬闊的男性肩膀，根本不可能通過那個小洞。

當女孩看到親王的腦袋從洞口冒出的瞬間，她嘴裡發出一連串不知所云的尖叫，立刻起身倒退了幾步，身體靠在洞口對面的牆上。儘管從她這些動作已能看出她並不是秋丸，親王的心底還是覺得有點不能接受，他很不願意輕易拋棄先入為主的想法。於是他試著從洞口向女孩解釋，雖不知她是否能夠聽懂，親王還是用大唐話說道：

「妳不必害怕。我完全沒有傷害妳的意思。就算我想害妳，這麼窄小的洞口，我也鑽不進去。我只是覺得好像認識妳，才急著想要進去。我從廣州出發以來，一直有個女孩在身邊服侍我，她跟妳長得一模一樣。所以我就想問問，妳會不會有個從小失散的雙胞胎姊姊或妹妹？」

但那女孩仍是一臉茫然的表情，好像完全沒有聽懂親王的意思。而且因為這個陌生男人是在洞裡向她搭訕，女孩看起來比剛才更為不安的樣子。

親王跟女孩就這樣隔著洞口，彼此默默地望著對方，兩人都藉著微弱的火光，不時偷偷地觀察著對方。這種狀態不知持續了多久，女孩最初流露的激動情緒似乎消失了，也看不到剛才的恐懼表情，但她對親王還是無法放鬆警惕，依舊維持緊張的姿態。就連默默觀察著她的親王，也感到越來越焦慮。

不久，或許因為極度緊張帶來的疲勞，女孩似已精疲力竭，很快就維持著靠牆而坐的姿勢打起了瞌睡。親王眼看身穿奇妙鳥翅服裝的女孩陷入沉睡，便毫不顧忌地打量起她的臉孔。那張熟睡中的臉上彷彿浮起了笑容，緊張的感覺也已放鬆。他望著那張睡臉，混亂的腦中不斷閃現各種思緒。

親王突然想起，博學的圓覺曾經私下推斷，秋丸的體內應該流著羅羅人的血液，而秋丸臉上的特徵，現在也毫不掩飾地顯現在這女孩的臉上。譬如女孩有一雙輪廓清晰得像被雕刻出來的杏眼，這是羅羅人的特徵，也跟秋丸的眼睛一模一樣。女孩的內外眼角在同一條水平線上，這也跟秋丸一樣。雖說南詔國原本就有很多羅羅人在此定居，就算親王在這裡看到跟秋丸長得相像的女孩，也不值得大驚小怪，但是眼前這女孩跟秋丸長得實在太像了。剛才他也忍不住提出疑問，說不定這女孩跟秋丸原本就是一對雙胞胎姊妹，只因某種原因，兩人一生下來就被分開了，之後分別在不同的環境長大。或許，秋丸比較不幸，被賣出去當奴隸，從小到大都在各地輾轉流離，而這個女孩則在雲南成長，最後長成一名雲南少女。哎呀，一定就是這樣。親王雖然得出這種結論，但他在心底也很明白，這種推論不可能是真的。儘管如此，他還是無法不把女孩看成是秋丸。因為兩個女孩就是長得那麼相像。對了，這女孩既是秋丸的姊妹，那就該叫春丸吧。以後就叫她春丸好了。哎呀，要是哪天能把這個春丸帶到秋丸面前，那該是多麼令人高興的事情！安展和圓覺又會多麼驚訝！秋丸和春丸彼此看著跟自己那麼相似的臉孔，她們會有什麼反應呢？

親王的思緒飛躍奔騰，一個念頭興起，又引出另一個念頭，簡直停不下來。想著想著，他突然發現，石室裡的火堆不知何時熄滅了，周圍已經陷入一片黑暗。

這時，忽聽洞穴外傳來一陣凌亂的腳步聲，接著，就看到幾個手拿火把的男人嘰哩呱啦說著外國話，亂烘烘地簇擁到親王面前。帶隊的男人猛然舉起火把，照亮親王的臉孔。親王原已適應了洞裡的黑暗，現在被火把一照，不禁皺起眉頭。

這些男人或許是南詔國的官員吧，只見眾人臉上都是不可一世的表情，他們先把親王從頭到腳打量一番，然後就粗魯地把火把塞進牆上的那個小洞裡。石室裡被這火光一照，蹲在深處的女孩立刻被他們發現了。其實剛才這群男人的腳步聲傳入耳中時，女孩似乎已被驚醒。她害怕得全身僵硬，披著鳥翅的身體立刻緊靠在室內深處的石壁上。

幾個男人發現女孩的身影時，齊聲發出一陣歡呼。親王因此推斷，這些人可能就是為了尋找女孩，才大老遠地跑到雞足山的山洞裡來。「太棒了！我們要找的人終於找到了！」他從這些人的興奮聲音裡，似乎聽出了這層意思。

最後，女孩終於受不了火把的威嚇，放棄抵抗，自動從洞口鑽出來。但她一出洞口，就立刻撲向站在一旁的親王胸前，死命地抓著親王不肯鬆開，這下親王反而不知所措了。女孩可能突然意識到，眼前唯一可以依賴的，只有這個男人了。或許因為剛才在黑暗中，他們兩人彼此隔著石壁上的洞口相互凝視過一陣子，這使她對親王生出一種狀似親密的感覺。親王心中湧起莫名的感動，手放在鳥翅上、緊緊攬著女孩瘦弱的肩膀說：

「我雖不知妳跟他們有什麼過節，但是，春丸，妳別洩氣，我會站在妳這邊的。」

那群男人當中有個隊長模樣的人，看起來比其他人年長，身上穿著緊身皮衣，他聽到親王說的是大唐話，便主動用大唐話向親王說道：

「看來您不是我國的國民。您跟這女孩是什麼關係？請您告訴我。」

親王毫不畏懼地說：

「我是個旅人，只是湊巧在這裡遇到這女孩罷了。她究竟犯了什麼罪，我一點也不知情。我是一名前去天竺求法的日本僧侶，已在長安獲得大唐皇帝批准的。」

「所以說，您是從長安來的？」

「不，不是直接從長安到這裡來的。我在大唐國住了兩年多，也在長安待了半年左右。」

男人一聽，立刻換上另一種態度，似乎對親王充滿了敬意，就連說話的用字遣詞也變得十分客氣，還換上諂媚的語氣說道：

「恕我有眼不識泰山。我叫做蒙劍英，是我們國王的遠親。從前年輕的時候，我曾到蜀國的成都留學，也算是學過大唐話。但令人遺憾的是，我從來沒去過首都長安。對了，關於這女孩啊……」

說著，姓蒙的男人指著緊依在親王懷裡發抖的少女繼續說道：

「這女孩是從民間挑選出來的宮廷專屬妓女，特別是在宮廷舉行的私人宴會裡，她必須扮成鳥類表演歌舞，但也不知怎麼搞的，她最近竟不告而別，逃出教坊之後就失去了蹤影。不過，現在既然在這裡被捕，她再也逃不了啦。等我們帶她回皇宮，應該會受到嚴刑拷問吧。她可得做好割耳的心理準備呢。」

「割耳？為什麼呢？」

親王訝異地大聲反問。蒙姓男子的嘴角浮起一絲微笑說：

「這是我國最便捷的刑罰啊。不過，哎呀，說來話長，我們還是先從這裡出去吧。我奉了國王的命令，必須護送這女孩回到湖畔的皇宮，您若願意，何不跟我們同行前往皇宮？我們已準備好馬匹和船隻，比走路快多了。」

親王想，就算到了皇宮，也不知下一步該怎麼走，只是現在丟下這女孩，也實在於心不忍，就決定跟這些官員一同出發。

剛踏出洞穴，立刻感到閃亮的陽光非常刺眼。洞外已有幾匹不知從哪裡弄來的馬兒，正吃著草等候這群男人。親王在蒙姓男子的催促下，一翻身坐上馬背。女孩也騎上一匹馬，她的肩上仍然披著那對色彩豔麗的鳥翅。從她這身裝扮看來，完全不像要被扭送回去的逃犯，反而像要出發到哪裡去參加祭典遊行。女孩可能從小就已習慣騎馬，她抓住韁繩的動作顯然比親王熟練得多。

一隊人馬沿著雞足山的山麓斜坡，時而上山，時而下山，一路朝向西方前進。不久，前方出現一汪細長的湖水，看起來就像鏡子般明亮。那就是洱海。跟親王之前看過的那個水質渾濁的洞里薩湖真是天壤之別。親王望著湖面閃耀金銀光芒的波浪，不禁深深地吸了口氣。啊，這裡簡直就跟琵琶湖一樣。的確，洱海的周圍被綿延不斷的群山環抱，前方的正面中央高聳著白雪覆蓋的蒼山，這幅景象確實有點像琵琶湖，琵琶湖的周圍也圍繞著比叡山、比良山、伊吹山等山。親王從小到大曾到琵琶湖遊覽過很多次，他對藥子的深刻思念，也跟這座湖緊緊地連在一起。真沒想到現在竟在這裡看到琵琶湖的幻影，親王坐在馬背上暗自感慨，心情頓時感到非常暢快。

蒙姓男子這時騎馬來到親王身邊說道：

「這就是所謂的『銀蒼玉洱[108]』。站在這裡，可以同時欣賞蒼山和洱海的美景，這幅景色在大唐國也很有名呢。傳說中，如果有人在那光滑如鏡的湖面看不到自己的臉孔，就表示那個人在一年之內必會亡故。但我覺得這是個無聊的迷信，我是不相信的。」

說完，大夥一鼓作氣奔下平緩的坡道，水波蕩漾的湖面立即呈現在眾人眼前，湖水不斷發出嘩啦嘩啦的聲響。大家在湖邊下馬，然後搭乘渡船前往對岸。所謂的渡船，其實是用灌滿空氣的皮囊緊密相連而成的皮筏，每艘皮筏只能搭乘四人，所以一行人分別搭上兩艘皮筏。

皮筏開始悠悠蕩蕩地朝向湖心漂去，琵琶湖的幻影這時又跟親王眼前的景色重疊在一起。少年時代留下的無數回憶全都跟琵琶湖一起隱藏在心底。只是，親王並沒有閒情逸致感懷往事。因為在這艘座位侷促的皮筏上，蒙姓男子坐在面前，女孩坐在背後，而且蒙姓男子還不停地向他搭訕。蒙姓男子知道女孩聽不懂大唐話，就算在她面前談論她的私事，女孩也不會知道。

「剛才跟您提到，這女孩是從民間挑選出來的宮廷專屬妓女，還是讓我稍加解釋一下吧。其實這種妓女也不是隨便從民間徵召來的。要當宮廷的妓女，必須具備極為嚴格

108 銀蒼玉洱：指蒼山和洱海的自然景觀。「銀蒼」形容蒼山終年積雪，一片銀色世界；「玉洱」形容洱海的湖水清澈透明，像玉石溫潤。

的條件。首先，她必須是個美少女，這一點當然不必多說了。但就算是美少女，也不是隨便哪個美少女都會被選中。我國自古有一種專門在宮中私宴裡表演的舞樂[109]，叫做『鳥舞』。這種舞蹈的表演者，必須具備符合標準的肉體條件。據說每年初夏時節，天空裡頻頻響起轟隆轟隆的雷聲，這時，有些在雲南山中過著遊牧生活的女子，就像受到雷鳴感應似的陸續開始產卵，而那些宮廷的妓女，就是從這類卵生的女孩當中挑選出來的。不，也算不上挑選。事實上，以這種方式出生的女孩原本就很稀少，宮裡的官員只要聽說有人產卵了，就會立刻趕到現場，徵得女孩父母的同意之後，就把女孩培養成未來的妓女。她們被帶走之後，當然是關在皇宮的教坊裡，接受嚴格的歌舞樂曲教育。就算父母不願交出女兒，國家也不會答應他們。」

「卵」這個字眼傳入親王耳中的瞬間，某個畫面突然像一顆泡沫似的從他久遠的記憶深處冒了出來。畫面裡，幼時經常陪他睡覺的藥子站在竹蓆上。「去啊！飛到天竺去吧。」藥子邊說邊把一個神祕又亮晶晶的小東西拋向昏暗的庭院。對了，藥子好像還說過，她已經厭倦當人了，她希望下輩子能像鳥類那樣卵生到這個世界來。可是我真的做夢都沒想到，會產卵的女子竟然在雲南，而不是在天竺。如果這傢伙說的都是真的，那麼，長相酷似雙胞胎的秋丸和春丸，很可能就是同卵姊妹吧？親王的思緒越來越混亂，各種支離破滅的想法不斷從他腦中浮起。

清代的檀萃曾經寫過一部著作《滇海虞衡志》[110]，據其中的卷六記載，雲南有一種長著女人臉孔的鳥，叫做迦陵頻伽，但大家只聽過牠的聲音，沒有人看過牠的模樣。親王如果讀到這段文字，肯定又會生出各種聯想，並把秋丸和春丸都歸類為迦陵頻伽吧。可惜親王並未讀過，所以也沒辦法聯想到那麼遠了。

這時，坐在皮筏上的女孩不時地整理著鳥翅上的羽毛，她露出茫然的表情，也不知她究竟明不明白其他人正在談論自己。女孩整理鳥翅的動作簡直就跟鳥兒一模一樣。親

109 舞樂：古代從亞洲大陸傳到日本的舞蹈與伴奏音樂。舞台通常設在戶外，是一個不依附其他建築的獨立高臺。表演者經常佩戴面具。

110 《滇海虞衡志》：清代學者檀萃撰寫的一部地方誌。共十三卷，分別介紹雲南的岩洞、金石、酒、香、器物、禽獸、蟲魚等，最後一卷介紹雲南諸少數民族的物質文化與生活習俗。

王暗自猜測，那對鳥翅之所以弄得那麼溼，應該就像蒙姓男子推測的那樣，是女孩游泳逃走時被湖水浸溼的。

蒙姓男子繼續說道：

「打雷次數的多寡要看年分，有些年打雷很多，有些年根本不打雷。此外，女人的生育能力也很難預測。有些年頭教坊裡會招到一大堆妓女候選人，有些年頭至多只能招到一兩位候選人。就像在田裡種植作物，有些年頭豐收，有些年頭歉收。這是自然的規律，只能聽天由命。」

親王聽著蒙姓男子的解說，似乎有些不解，始終歪著腦袋，最後終於忍不住像在自語般說道：

「打雷竟能讓女人懷孕，這種事，我從沒聽過呢。」

聽了這話，蒙姓男子提高聲音說：

「不會吧？譬如像孔雀這種鳥，也是聽到雷鳴就會懷孕，這種事在佛教經典都寫得很清楚，不是嗎？還有在我們南詔國，現在的第十一代國王，名字叫做世隆，他也是母親聽到雷鳴，有所感應，而生下了他，這是舉世皆知的事實。另外還有一種傳說，說世隆的母親是在洱海沐浴時，跟龍的身體接觸後有所感應而懷孕了。其實是因為雷這東西為了接近女人，所以化身變成龍的模樣啦。反正啊，不論是龍或雷，在女人身上都能產生同樣的作用。」

親王始終無法把秋丸和春丸從腦中拋開，於是他裝出輕鬆的表情問道：

「那些感應雷聲而出生的卵當中，是否生出過雙胞胎呢？」

「雙胞胎的卵？這我倒是沒聽說過唷。如果讓一對雙胞胎妓女一起跳鳥舞，應該很值得一看吧。」

凡是跟雙胞胎有關的話題，蒙姓男子的回答都很冷淡。

不久，一座規模宏偉的皇家城樓出現在湖面對岸，殿宇建築的範圍從山麓延伸到湖畔，背後襯著高聳的蒼山做為屏障。這座城樓區被稱為「大理城」。皮筏逐漸靠近城樓區，周圍的物體越來越清晰，城樓區裡除了覆蓋青石瓦片的瞭望塔、垂掛加長旗幟的城門之外，還有一條架設雨棚的通道直達城門。守衛的士兵手拿長槍，就連他們來回巡邏的動作都能看得一清二楚。陽光射在青石瓦片上，使整座城樓泛出青藍色光輝，看來十分美麗。除了城樓之外，湖畔還有幾座狀似佛塔和廟宇的建築高聳天際，親王這時才恍然大悟，原來佛教在這裡也很興盛，不禁感到心底充滿了祥和與喜悅。

「好漂亮的皇宮。那位叫做世隆的國王就住在城樓裡面嗎？」

「南詔國第六代國王異牟尋把都城遷到這裡之後，直到現任的第十一代國王，所有國王都住在這座大理城內。不過，現任國王世隆有點特別，他才剛剛慶祝二十歲生日，但是整天都和仍然健在的太后關在城樓裡，一步也不肯走出去。」

「喔。你說比較特別，是怎麼特別呢？」

「這也不用我多說了，等您進了城樓見到國王，就明白了吧。另外，我說這些也是出於一片好意，您若覺得不入耳，就當成耳邊風，聽過就算了。這女孩因為犯下私逃罪，原本應該接受割耳的刑罰，但按照我的愚見，如果您想搭救她，最有效的辦法，就是直接向國王提出請求。為什麼呢？因為國王一向對大唐十分嚮往，最怕碰到能說流暢大唐話的人或是話語間表現自己遊歷過長安的人，碰到這種人，國王就忍不住會被吸引。而您說的這麼流暢的一口大唐話，這在我國可是所向無敵的武器啊。來！船靠岸了。」

走下皮筏之前，親王不經意地從船邊伸出腦袋，向清澈如鏡的湖面偷看一眼。他沒有看到自己臉孔的倒影。其他人的臉孔都映出了清晰的倒影，只有他的臉孔看不到倒影。他又反覆看了好幾眼，結果都是一樣。根據那個蒙姓男子的說法，在湖面上看不到自己的臉孔倒影的人，一年之內就會沒命。親王雖然覺得這種說法是迷信，心裡還是有點震驚。

皮筏上的人都在忙著準備上岸，似乎沒人注意到這件事。親王決定把這件事藏在心底，不要告訴任何人。

一踏上岸，立刻就有官員帶走了女孩，親王則被人帶往另一個方向。女孩大概會被送進牢房吧。她跟親王分別時，悲傷地回頭望了親王一眼。待她遠去後，那張臉孔仍然留在親王的心底，久久沒有消失。

皇宮的城樓裡設有專供外國旅客住宿的設施，親王立刻就被安排住了進去。這天晚上，親王躺在久違的床榻上，心裡雖然掛記著女孩，但因為旅途勞頓，他很快就陷入沉睡。

當晚的夢裡，他看到秋丸和春丸手拉手跳起古老典雅的鳥舞。《崑崙八仙》[111]這支舞原本是由四人圍成圓圈一起跳的，但他看到的這支鳥舞卻是雙人舞，舞步的節奏特別快，只見兩名舞者不斷迅速旋轉，令人看得眼花，根本分辨不出誰是秋丸，誰是春丸。親王感到有些困惑。

「妳們哪個是秋丸？告訴我。」

親王終於忍不住開口提問。兩個女孩同時答道：

「哎呀！」

「誰是春丸？回答我啊。」

兩人又同時答道：

「哎呀！」

親王只好放棄，閉上了嘴，兩個女孩也立即停下舞蹈的動作，像鳥兒似的看著彼此的臉孔，呵呵笑了起來。

第二天，親王在城樓裡的某個房間裡一睜開眼，蒙劍英便來敲門，猛地把他那張傻呼呼的臉孔探進房間說道：

「早朝快要開始了。您還是先去拜見一下國王怎麼樣？」

於是，睡眼惺忪的親王在蒙劍英的引導下，穿過城樓的走廊，來到一間面積大得不得了的殿堂。殿內早已擠滿群臣百官，親王根本擠不進去，只能站在最後一排，他雖然踮起腳尖，伸長脖子，卻仍然看不清前方遠處寶座上那位年輕國王的容貌，唯一能夠勉強看到的，是國王的臉色十分蒼白，白得有點詭異。

111《崑崙八仙》：舞樂的曲名，簡稱「八仙」。內容描寫中國崑崙山上的八位仙人因仰慕皇帝的德行而來朝拜。表演者戴著鳥臉面具，嘴尖掛著小鈴鐺，舞姿模仿仙鶴的動作，所以又叫做「鶴舞」。

國王的寶座後面佇立著八名壯男，八人都穿著皮衣，腰繫長劍，不時用凶狠的目光掃視四周。蒙劍英俯在親王耳邊低聲介紹，這八個人的官職叫做羽儀長，專門在國王身邊負責守護的任務。國王右邊的椅子上，一個身材微胖的男人悠閒地坐在那兒，年紀大約四十多歲，身穿唐服，臉上蓄著唐人式樣的鬍鬚。這個男人的官職叫做清平官，地位相當於宰相，現在也是年輕國王的攝政大臣，手中掌握相當實力。除了這幾個人之外，蒙劍英繼續向親王介紹各種官職和官名，不過，親王對這些訊息一點都不感興趣，那些名稱就像耳邊風似的從他耳邊飄過，

「對了，您覺得國王看起來怎麼樣？」

從早朝的殿堂退出之後，蒙劍英迫不及待地向親王問道。親王不知如何回答，只好托辭說道：

「距離那麼遠，我也沒看清楚。唯一的印象就是他臉色非常蒼白。」

蒙劍英壓低聲音說道：

「最近有傳言說國王瘋了。他那蒼白的臉色，一說是天生的，但我覺得應該跟他的

精神狀態有關。不過，您要幫那逃亡的妓女向國王求情的話，現在反而應該是大好機會。因為國王平時總是滿懷佛教的慈悲心，我看他似乎也在暗中等待時機，所以一定會很高興接受您的請求。而且他現在精神不穩定，容易激動流淚，當場應允的可能性就更大了。您千萬不要錯過這個機會啊。」

蒙劍英這麼熱心地慫恿親王，究竟安著什麼心，親王覺得有點無法理解，好在他天生就不是會在意這種小事的性格，雖然心裡懷疑蒙劍英對那女孩有好感，但又轉念一想，反正這種事跟自己無關，也就沒有深入推敲。

幾天之後，親王正無聊得不知該做什麼，蒙劍英突然氣喘吁吁地跑來同他說：

「機會來了！國王陛下現在一個人到皇宮旁邊的陳列室去了。您要不要過去看看？」

親王便按照蒙劍英的指引，走過一條牆上挖鑿圓形窗戶的長廊，來到那間位於宮殿角落的陳列室。越過長廊的圓窗望出去，可以看到洱海的湖水。親王走進那間所謂的陳列室，屋裡一個人也沒有，但他的視線立刻被那些奇異的收藏品吸引了過去。

首先是一座青銅編鐘[112]，看似拷問刑具的四方形木架上掛著各式各樣的大小樂鐘；接著又看到吊掛長方形鐵板的方響[113]，以及懸吊三角形玉板或石板做成的磬[114]。這三樣都是樂器，親王想，全都是質地堅硬厚重的金屬或石頭做成的，敲擊出來的聲音，大概也堅硬沉重得幾乎震裂心臟吧？除了這三樣樂器之外，室內的樂器類還有大鼓、琴、橫笛、笙等，以及一輛積滿陳年灰塵的古老指南車，車上裝置一個木製假人，另外還有一輛記里鼓車[115]、一個狀似天體觀測工具的機器。

陳列室的正面牆上掛著一排南詔國歷代國王的肖像畫，從第一代到第十一代都掛在同樣的高度，畫在絹布上的每位國王都頭戴王冠，臉蓄鬍鬚，看起來極為威嚴，但不知為何，只有第十一代的現任國王肖像畫卻毀損得很嚴重，就連畫布都被人用刀畫成碎片，畫中的國王臉孔根本無法辨認。更令人意外的是，這些破壞的痕跡看起來都很新。親王腦中突然浮起一個念頭，難道是國王的瘋病發作時，自己動手弄壞的？

親王呆呆地站在那幅被人弄毀的肖像畫前面。半晌，身後傳來一陣腳步聲，一個臉色蒼白的年輕男人不知何時已經來到他身邊。幾乎不需多問，親王已經明白，這個男人肯定就是現任國王世隆。國王雖然滿臉都是囓齒類小動物的柔弱，但親王卻一眼就已看清，在那表情的背後，是對某件事情的執著，這種發現令親王無法不為國王感到心痛。

年輕的國王緊盯著親王的臉孔看了半天，臉上慢慢露出喜悅的表情說道：

「哎呀，負局先生，您沒忘記我們那天的約定，終於來了呀？我太高興了。」

國王說這話時，好像立刻就要喜極而泣似的，親王不禁啞然失色。他說的「負局先生」究竟是誰？親王對於道家典籍向來生疏，難怪他聽不懂國王的意思。不，就算他讀

---

112 編鐘：中國古代的大型打擊樂器。構造是將青銅鑄造的大小扁圓形銅鐘，按照音調高低依次排列起來，懸掛在一個巨大的木製鐘架上。演奏時使用丁字形木槌或長棒敲打銅鐘，發出不同的樂音。

113 方響：中國傳統打擊樂器。由十六片大小相同但厚薄不一的長方形鐵片組成，又稱銅磬。鐵片分成兩排懸掛在木架上，演奏時使用小鐵鎚敲擊，發出清濁不同的聲音。

114 磬：中國古代的打擊樂器。將石板切成曲尺形狀，上方開鑿一孔，用繩懸掛在木架上。可以單獨懸掛一片石板，或按照音律順序懸掛多片石板。後來也有採用玉石或金屬製成的磬。演奏時，常與編鐘一起合奏。

115 記里鼓車：又稱記里車、大章車，是中國古代用來記錄車輛行走距離的馬車。

過《列仙傳》[116]，大概更難理解國王為何在這時提起負局先生[117]的名字。親王不知如何回答，只好沉默不語。國王突然轉回頭，用尖銳的聲音高喊道：

「母后！母后！」

被國王叫出來的人，是太后，也就是世隆的母親。她雖已貴為太后，年紀卻還不滿四十。太后的全身上下穿著黑衣和黑色長裙，身材高挑，舉止高雅，身上散放出落落大方的威嚴。這樣令人意外的人物突然來到面前，親王不禁手足無措，不知如何應對。這就是傳說中那位在洱海沐浴時，因為接觸龍身而受到感應的女人吧？想到這裡，親王甚至對她生出幾分敬畏。不過太后根本沒把親王放在眼裡，她敷衍似的只向親王微微點頭致意，然後便面露憂慮地走到兒子身邊。兒子轉頭向母親說道：

「母后，多令人高興啊！負局先生來囉。您看，以前跟您說過，不是嗎？我在成都跟先生見面的事情。先生不但擁有超人技術，是一位磨鏡子的天才，還深知治療人類心病的辦法。這下我就有救了。就算是我這種難治的病症，有先生來為我診治，一定能變好的。啊，我真的好開心。」

說著，國王由於過於激動，突然雙膝跪倒，全身像癱瘓了似的撲向地面，當場昏厥過去。

太后倒沒有顯得特別慌張，可能這種情況早已見怪不怪了吧。她低頭俯視著不顧一切倒在地上的兒子，皺起柳眉說了一句話：

「真糟糕。」

說完，她才第一次正眼打量起親王的臉孔：

「不知您是哪位貴人，但我兒既已說出那種話，就請您扮演一下負局先生吧。可以嗎？」

---

116 《列仙傳》：中國歷史上第一部神仙人物傳記。共兩卷，作者已不可考，一般認為是西漢史學家劉向。書中記述了上古及三代、秦、漢之間的七十多位神仙的重要事蹟與成仙過程。這部作品開創了神仙傳記的先河，在仙人題材小說、仙道思想等方面對後世產生深遠影響。

117 負局先生：《列仙傳》下卷〈負局先生〉裡的神仙，是個背著磨鏡箱四處為人磨鏡的工匠。每次磨完鏡子，他會順便詢問主人家中是否有人生病，然後酌情施以紫色藥丸。患者服用之後，多能痊癒。後來當地發生瘟疫，負局先生挨家挨戶給大家送藥，不收取分文，救活了無數百姓。

「遵命。」

在太后的催促下，親王只好答應了她的請求，但他心裡還是有許多疑問。太后似乎也看出親王的心思，像在解說似的說道：

「要說起我兒得病的起因，就是因為那東西。」

太后邊說邊走向陳列室的角落。那裡擺著兩件用布覆蓋的物體。太后伸出一隻手，「啪」地扯掉了覆布，露出下面約有一個人高的木台。兩個木台上分別放置一面白銅鏡，直徑都有三十多公分，兩面鏡子相對而立，中間相隔一公尺左右的距離。

「大約在兩百年前，大唐公主下嫁給我國的國王時，從長安帶來這兩面鏡子作為嫁妝，但不知從什麼時候起，這兩面鏡子竟變成我兒子最害怕的東西。他往鏡子裡一看，能看到鏡中的自己，就以為世界上有兩個自己，所以覺得非常恐怖。他還為難地跟我說，實在無法控制自己，就是一直想照鏡子。最近甚至還說，每次一照鏡子，那個跟自己完全一樣的男人就從鏡子裡跑出來，「唰」地站在他面前，然後要過好久，才會像煙霧似的消失。他還說，要是站在兩面鏡子之間，自己的身影會變得更多，數量簡直多到無法計算。他覺得太可怕了。可是又無法忍住不照鏡子。只要我稍不注意，沒看好他，他就會偷偷溜進這間陳列室，從早到晚對著鏡子照，像瘋了似的擺弄各種姿勢。」

太后說到這裡停下來，親王趕緊抓住空檔，提出自己想問的問題：

「國王陛下叫我『負局先生』，請問那位先生是什麼樣的人物呢？」

「我兒說他幾年前去成都遊覽時，碰到一位懂得道家仙術的先生，也就是負局先生。我兒似乎堅信，只要請負局先生打磨鏡子一番，他在鏡裡的身影就不會一直增加了。」

太后正說著，倒在地上的國王這時終於醒過來，他搖搖晃晃地站起身，一眼看到鏡子上的覆布已掀開，便立即走到鏡子旁邊說道：

「先生，您請看，看啊，我的身影又從鏡子裡面跑出來呢。看啊，那個身影就站在那裡。啊！不見了。啊！這次從那邊跑出來了。哎唷，好執著呀！到底想幹麼啊？」

國王站在兩面鏡子之間，像中邪了似的雙眼布滿血絲，全身不斷手舞足蹈，看起來就像個牽線木偶。太后不忍心再看下去，便回頭看著親王說：

「先生，他就是這個模樣。每次都是這樣。請您想個辦法救救他吧。」

「想個辦法救救他」。這話說來容易，但親王並不是負局先生，怎麼可能有辦法。他默默注視著年輕國王的瘋狂模樣，半晌，親王腦中突然浮起一個主意。但他也不知道能否成功。反正就賭一下吧，親王想，先試試看再說。

國王揮舞手臂的動作因為疲累而變得有些遲鈍，親王便抓住國王的一隻手臂，把他拉到自己面前說道：

「國王陛下，我現在要對鏡子施行封印的法術，請您站在這裡觀看好嗎？」

等到國王在旁邊站定之後，親王便向前邁出一步，自己站在兩面鏡子之間。他鼓起勇氣，朝鏡裡看了一眼。自己的身影究竟會在鏡中出現？還是看不到自己的身影呢？事實證明，他的臉孔果然沒有出現在鏡裡。就跟幾天前，他從船上窺視湖水時的景象一樣。原來是真的？自己的身影已經消失了。這件事，竟又在這裡重新獲得印證。但親王並沒表露出他心中的感受，他繼續發揮演技，徹底變成了負局先生。

「您看如何？國王陛下，鏡子裡完全看不到我的身影。因為我已把身影完全封印在鏡子裡了。」

站在一旁的國王正全身貫注地注視著照不出親王臉孔的空白鏡面，他的嘴唇微微張開，臉上露出訝異的表情。似乎受到極大的震撼，腦中也是一片空白吧。

親王接著抓起木台上的兩面鏡子，鏡面疊著鏡面，把兩面鏡子緊緊貼住一起。

「您看，這樣一來，身影就被永遠封印在鏡子裡面，再也無法跑到世界上來了。那些身影失去光線的話，全都會悶死在黑暗裡。太后陛下，可否麻煩您給我一根繩子？我要把這兩面重疊的鏡子用繩子緊緊地捆在一起。」

親王用繩子捆緊鏡子的同時，國王蒼白的臉上也露出放心的神色，久違的輕鬆開始出現在他臉上。國王回頭看著太后，用感慨萬分的語氣說道：

「看吧，不愧是負局先生。我早就知道他有辦法。」

大約過了十天之後，親王和春丸騎馬沿著伊洛瓦底河的支流瑞麗江[118]，踏上雲南通

118 瑞麗江：又稱龍川江、南卯江、霧水河。上游叫做龍江，位於中國與緬甸交界處，其中二一多公里河道是中緬兩國的界河，流入緬甸後匯入伊洛瓦底江。

往緬甸的山道。

自從鏡子被封印的那天起，南詔國的國王和太后都對親王欽佩得不得了，所以當親王提出請求，希望國王能為春丸罪減一等，並把她交給自己管教時，國王當場就答應了。國王還向親王懇切地表示，如果像親王這樣德行高尚的博學之士願意留在南詔國，他會感到萬分欣喜，但親王無法打消他前往天竺的夙願。國王看他心意已決，只好放棄說服，改贈送親王兩匹以耐力持久而著名的雲南馬，以便幫助親王和春丸翻過山頭，返回阿拉幹國。親王向國王道謝後，受下了這禮物。

「還好沒有割掉妳的耳朵啊。春丸。」

親王坐在馬背上向春丸說。

「是啊，這都是親王的功勞。」

春丸已在轉眼之間學會了大唐話，現在也能跟親王進行這種簡單的日常交談了。春丸變成親王的侍童之後，也不再披那對鳥翅在身上，而是改穿男孩的服裝。

「安寧的國度，再會。和平的國度，再會。死亡的國度，再會了。」

親王跟春丸即將離開南詔國之前，他佇足在山脊上低聲自語。從這個位置，可以俯視遠方波光閃閃的洱海。不知為何，他感到心中塞滿悲哀的感覺。

瑞麗江沿岸的這條山道，自古已有許多商人利用，因此路上行人絡繹不絕，沿途的山川河谷構成的美麗風景也極為有名，但是對地形不熟的旅人來說，這段路程並非完全不會遇到困難。因為在陰鬱茂密的森林裡，不但有野獸，還有毒蛇，運氣不好的話，還可能遭到剽悍的原住民襲擊。另一方面，這裡雖然地處南方，但在三千公尺高山連綿的地區，還是必須作好抵禦嚴寒的準備。而且騎馬經過時，也要留意人馬一起從懸崖墜落的危險。如果抱著在平地行走的輕鬆心態，是根本不可能走完這段山路的。

親王為了驅趕毒蛇，拿出自己擅長吹奏的笛子，邊吹著《還城樂》[119]邊策馬前進，這是一支古代的笛子，原本放在大理城的陳列室裡，臨行前，國王把它當作送別的禮物

---

119 《還城樂》：唐樂的曲名之一。也叫「見蛇樂」、「還京樂」。主題描寫唐玄宗李隆基平定韋后之亂後，在深夜返回京城，隊伍裡有些喜歡吃蛇的胡人在路上看到蛇，便高興地跳起舞來。「唐樂」是指中國傳到日本的唐代音樂。

送給了親王。古樂《還城樂》的內容傳說是描寫胡人吃蛇的景象，所以後人都相信，這首樂曲具有驅蛇的力量。親王當然並不完全相信這個傳說，他只是突然想在這南國的密林裡，騎著馬悠閒地吹吹這支古笛。這種臨時興起的衝動實在令他無法按捺。

這一天，親王仍是吹著笛子騎馬前進。夕陽即將下山，山脈盡頭的西方天空已被染成一片鮮紅，親王看到這情景，心中感到有些沮喪，便把笛子插進腰帶裡。笛聲暫停，四周頓時陷入寂靜，親王感到全身似乎沉浸在極度的孤寂裡。這是他以往很少遇到的經驗。究竟是風景引起的孤寂感？還是自己的心裡原就感到孤寂？親王滿懷疑惑陷入了沉思。就在這時，他看到兩名騎馬的旅人從對面走來。

夕陽從兩名旅人的背後射來，兩人都背著光，無法看清他們的臉孔和身姿。就在這種無法看清的狀態下，兩人漸漸來到親王面前。然後，從親王身邊擦肩而過。就在雙方相互交錯的瞬間，親王無意間瞥了他們一眼，那兩人竟跟自己和春丸長得一模一樣，不但長相相同，身上的穿著，隨身攜帶的物品，全都跟自己和春丸如出一轍，甚至連身高和身材都完全一樣。彷彿自己這邊的兩人和對面的那兩人，是極為酷似的兩對主僕。親王心中大吃一驚，但他並沒有表現出來。等到那兩人從身邊通過後，他立刻從馬背上回頭眺望，誰知那兩人和兩匹馬，已像一陣輕煙似的從路上消失了蹤影。

「春丸，妳也看到了嗎？」

「啊，您說什麼？」

春丸傻呼呼地回答。可見她大概什麼都沒看到。

親王和春丸騎著以速度著稱的快馬，兩人一路翻山越嶺，晝夜不停地從洱海湖畔奔向遙遠的阿拉幹國海邊。等到他們回到隨從人員待機的地點，前後大約耗費了一個月的時間。主僕兩人抵達目的地的同時，安展立即飛奔出來嚷道：

「啊呀，您回來了。這趟旅行，您去了好久啊。喔，原來秋丸跟您在一起？我還在擔心呢，不知她跑到哪裡去了。沒想到這傢伙居然裝著沒事似的，又跟著親王一起回來了。秋丸，妳的臉皮也太厚了。」

聽安展這番話，他似乎是把春丸看成了秋丸。親王便笑著向他解釋，不料安展反而露出一臉茫然說道：

「好奇怪啊。不瞞您說，秋丸大約在十天前離開了這裡，我們就再也沒看到她。她已經不在這裡啦。」

聽了這話，這下輪到親王吃驚了。他張著嘴半天說不出一句話。秋丸這傢伙，也不向我打聲招呼就走了，她到底跑到哪裡去了？之後，親王跟安展、圓覺等人又繼續等待秋丸好一段日子，等來等去，秋丸卻再也沒有出現。彷彿就像春丸的出現讓秋丸消失了似的，秋丸已在雞足山的洞穴裡重生成為了春丸。

珍珠

親王在船上清楚地看到光滑如鏡的湖面並沒有映出自己的臉孔，從那一刻起，死神的身影就像植物的氣根鑽進牆縫造成裂痕般，開始一點一點滲進親王的心裡。「傳說中，如果有人在那光滑如鏡的湖面看不到自己的臉孔，就表示那個人在一年之內必會亡故。但我覺得這是個無聊的迷信，我是不相信的。」那個姓蒙的南詔國官員對他說過的話，經常像幻聽似的在他耳邊迴響。但親王現在並沒感覺身心衰老的跡象，也沒有失去健康的自信。他只是隱約感受到那種預感。反正，自己早在三十年前就慶祝過四十歲誕辰，從現在算起，三年後就要歡度七十歲的古稀壽誕了，他不免有一種想法，既然自己已經到了這種高齡，隨時都可能離開人世吧。他父親平城天皇是在五十一歲那年去世，叔父嵯峨天皇則是在五十七歲的時候駕崩。就連空海上人，也是在六十二歲那年就圓寂了。親王甚至覺得，跟他們相比，自己能活到六十七歲，似乎已經活得太長了。西渡天竺的願望若是半途而廢，當然令人遺憾，但若是命中註定的，又能如何？

「我有一種預感，感覺自己的死期近了。」

這天，親王笑著對安展說。安展露出十分意外的表情皺起兩道濃眉說道：

「別說這麼不吉利的話。親王，您馬上就要去天竺了，這麼偉大的任務擺在眼前，怎麼又退縮了？這可不像您的性格。」

親王搖搖手說：

「不是的，我絕對不是退縮。我心中對天竺的嚮往，仍像烈火一樣熾熱。不過我聽說，從前的高僧都能預感到自己的死期。我的修行或許還不到最高境界，只能隱約體會那種預感，卻無法明確地預知自己究竟什麼時候會死。這種感覺很令人焦慮啊。但不管怎麼說，反正我也快滿六十七了。」

「不管六十七歲還是七十七歲，親王一定要永遠保持青春的狀態，這樣才像親王。

親王若是不再年輕，您讓一天到晚喊著『親王，親王』的我們怎麼辦啊？」

「我是親王，所以我必須保持年輕，這是什麼話呀？簡直是強人所難，強詞奪理嘛。反正不管怎麼說，我是不可能永保青春的。」

然而，親王雖然嘴裡這麼說，他身上卻看不到年近七十的老態。他那精神奕奕的神采，不論怎麼看，都會以為他才五十多歲而已。現在他正挺直背脊跟安展開心地談笑，還能在阿拉伯船的船舷上闊步閒逛，任何人看到親王那瀟灑的風姿，都不曾相信他已被宣告將在一年之內離開人世。

親王一行後來終於遇到良機，找到一艘肯讓他們搭便船的阿拉伯商船。這艘帆船從阿拉幹國的港口出發後，趁著季風南下孟加拉灣，一路朝向目的地獅子國（錫蘭）前進。傳說釋迦牟尼在世時曾經三度造訪獅子國。因此親王一行只要能平安抵達獅子國，天竺也就近在眼前了。團隊成員一想到這裡，人人都在心底鬆了口氣。而另一方面，之前遇到的幾次痛苦教訓又告訴他們，搭船出遊原本就不可靠，預定計畫未必能夠如願完成，他們也不能過於安心。只是，現在大家能做的，似乎只能祈求觀世音菩薩保佑航海平安，同時也要拜求菩薩賜予神力，幫助大家排除萬難，順利抵達天竺的海岸。

大唐人稱阿拉伯船為大食船，從船身的大小看來，阿拉伯船根本無法和唐船相比，但是加裝護板的錐形船頭不但獨具特色，也給人一種非常堅牢的感覺，即使在巨浪滔天的孟加拉灣也能順利前進。不僅如此，船上除了一根掛著罕見三角縱帆的主桅杆之外，另外還有四根桅杆，船尾則高聳著一座塔狀船尾樓。阿拉伯船跟親王以往看慣的唐船比起來，顯然充滿風格迥異的情趣。就連在船上工作的船員，也不只有阿拉伯人，其他還包括了波斯人（帕爾斯人）和崑崙人（印度人）。親王對船上的一切都感到非常新奇，整天像個孩子似的在船裡逛來逛去，每次有什麼新發現，他就會跑去向安展和圓覺報告。

一天晚上，親王睡不著覺，便從底層的船艙登上甲板。這時，明月高掛天空，親王看到月光下的船尾樓上有個男人的身影，似乎正在觀測什麼。男人的右手抓著沉重的金屬圓盤，邊將圓盤舉到眼睛前面，邊不時向天邊瞥上一眼，同時還用左手操縱著什麼東西。親王仰頭觀察了一段時間，終於抵擋不住好奇心的刺激，開口向男人問道：

「你在那裡做什麼啊？」

男人向下瞥了一眼，若無其事地答道：

「測量星星的高度。」

「星星？」

「對。說得更明白一點，我是在觀察北辰星（北極星）和華蓋星（小熊星座）。這是我最擅長的技術，就是在船隻前進時，要讓華蓋二星[120]到海平面的高度始終維持在五指二角[121]，不是我自誇，這艘船裡除了我之外，再也沒有第二人能像我這樣熟練地操縱星盤呢。」

男人說完一連串謎語般的字眼，又重新專注地瞪著天空。親王覺得更加好奇，忍不住問道：

---

120 華蓋二星：北斗七星當中的玉衡星和天樞星。古代的星象觀測中，兩顆星被視為一個整體，叫做「華蓋星」。

121 「指」和「角」都是牽星板上標示的單位。牽星板是中國古代的一種儀器，用來測量星體與水平線之間的高度。利用牽星板測量星體高度，便可判斷船隻在海上的位置。

「我也爬上你那裡去，可以嗎？」

「喔，可以呀。」

親王側身穿過狹窄的樓梯，登上船尾樓，這才發現那個手拿星盤測量星星高度的男人居然非常年輕，而且長著一張充滿知性的臉孔，跟他剛才說話的粗魯語氣頗不相稱。親王跟男人閒聊起來，從談話中聽出，男人雖能說一口流利的大唐話，但他其實出生在波斯國的伊斯法罕，長大後，在巴格達遊學時學會了天文曆法的各種理論。之後，便憑自己的本事登上阿拉伯船，經常在東西方的海上往來穿梭，也因為這個理由，男人雖然年輕，卻相當博學多聞，還能嫻熟地運用好幾國語言，親王不禁深感欽佩，同時也對這名叫做卡馬魯的青年產生了好感，而這位青年似乎也很喜歡出身高貴、謙和有禮的親王，這天晚上也主動向親王暢談心中的想法。兩人在這種熱烈的氣氛下，你一言我一語地聊了一個晚上，等他們回過神來，東方的天空已在不知不覺中開始泛白。

親王站在船尾樓上低頭觀賞黎明的海景，突然，他看到海面掀起陣陣微弱的白浪，好像有什麼動物正在游泳。啊？親王不禁吃驚地睜大眼睛。看起來不像是人類，但那個光禿禿的腦袋，也不像魚類。只見那動物一下潛進水裡，一下又冒出水面，還會「呼」地一下，吐出一口空氣。親王不由自主把身子探出欄杆說道：

「那裡，有個東西正在游泳……」

「啊？什麼？」

卡馬魯隨著親王的指引望向海面，但他立刻又覺得很無聊似的抬起臉孔說道：

「海裡的事情，我可是一點興趣也沒有。我只對天空裡的事情感興趣。就算只是一顆星星飛逝，對我來說也像是國家滅亡似的的大事。但是海裡的事情啊，就算浪裡跳出一大堆海怪，我也不會被嚇倒的。」

說著，卡馬魯發出一陣爽朗的笑聲。親王看他笑得那麼開心，也不自覺地張開嘴大笑起來。

那隻在海裡游泳的怪物，這時從船上已經看不見了。但是到了這天中午，親王又意外地看到那隻怪物。當時，他正坐在船尾的樓梯上吹著南詔國王贈送的古代笛子，忽然，水面的某處掀起陣陣水花，接著，一隻光頭的動物「呼」地一下從水下冒出腦袋，似乎是被笛聲吸引而來。親王因為之前已經有過類似的經驗，並不感到驚訝。這時他看到春丸剛好也在身旁，便招手叫她過來。春丸從小生長在深山，連大海都沒看過，她十分畏懼地順著親王的手指凝視遠方說道：

「哎呀，那是什麼啊？簡直就像人一樣。好可怕唷。」

親王佇立在船舷邊，像要保護受驚的春丸般說道：

「不必害怕。以前我也看過一頭跟牠一模一樣的動物從海裡跳出來。那時好像是在交州附近的海面吧。記得當地的方言叫牠『儒艮』。我也是那時才知道，這種動物非常聰明，還能學會人類的語言呢。妳不用害怕唷。」

親王剛說完，上半身浮出海面的儒艮突然轉頭看著春丸的臉孔，口齒清晰地用人類的語言說道：

「久違了。秋丸君。你忘記我了嗎？」

春丸一聽可嚇壞了，因為這隻儒艮不只盯著自己，居然還開口跟自己說話。她嚇得臉色蒼白，全身也跟著不停地發抖，好像立刻就會昏倒。但是儒艮卻不管這些，只顧著繼續說下去：

「回想起來，教會我說人話的，還是秋丸君呢。這分恩情，我從來都不曾忘記。不過，也因為學會了人話，我才沒能逃過死在陸上的命運。那天在南國的森林裡斷氣的時候，天氣真的好熱啊。喔，我也不必多做說明了，反正秋丸君對一切都很清楚的。」

聽儒艮的語氣，好像把春丸當成了秋丸，親王心有不忍，便插嘴說道：

「喂，儒艮啊，別搞錯啦。她不是秋丸啦。雖然長得很像秋丸，但她出生在雲南，名字叫做春丸。她從小生長在山裡，根本沒看過大海，現在又一下子看到你這種海裡的動物，她好像很害怕呢。你還是先回去吧？就算我替被你嚇昏的春丸求你了。」

說完，儒艮似乎非常吃驚，牠盯著春丸的臉孔看了好半天，這才按照親王的指示，安靜地隱身在水裡。

儒艮的身影消失後，春丸還是不停地顫抖。親王擔心地問道：

「妳為什麼這麼害怕呢？那東西只是一種生活在海裡的動物，不是嗎？」

「可是，我從來都沒看過這麼像人類的動物。其實我從小對雲南的洱海非常熟悉，湖裡也有很多魚類，但我從來沒在湖裡看到像儒艮那麼可怕的動物。剛剛那個儒艮好像說牠死過一次吧。如此說來，難道牠是儒艮的鬼魂？」

「喔，這個嘛，我也不知是怎麼回事。」

「還有其他的可疑之處呢，親王。」

「喔？還有嗎？」

「是啊。儒艮提到的秋丸君，我完全不認識。那個人應該跟我毫無瓜葛吧。但不知為什麼，我總感覺，好像很久以前跟儒艮見過。」

「妳在說什麼？不是剛才還說，自己從沒見過那麼可怕的動物嗎？」

「是呀。是沒錯啊。我真的從出生之後從沒看過。可是出生之前就……」

「出生之前？」

「剛才聽儒艮那麼說，就覺得從前似乎見過。然後又想起來，好像以前教牠說過人話。這就是所謂『前世的記憶』吧？或者是某種錯覺？親王，您要是知道答案，就請告訴我吧。」

聽了春丸的疑問，親王實在找不到充分的理由來解釋剛才那幕不合常理的現象，他只好閉嘴不語。

阿拉伯船巧妙地越過凶險的驚濤駭浪，筆直穿越孟加拉灣向南航行。不久前開始，太陽就像火球似的不斷在天空放射炙熱，炎熱的天氣令人感覺越來越難忍受，海水像煮沸了似的冒出陣陣熱氣。一切跡象都在告訴大家，他們已經接近最南端的緯度。船員們已經受不了酷暑而脫掉了身上的衣物，現在幾乎每個人都是只穿內褲的半裸狀態。整艘船上，依然遵守禮節、耐著酷熱而不肯脫衣的，只剩親王和春丸兩個人了。船員們都以為春丸是個男孩，經常毫無顧忌地取笑她，說她還是少年，比較害羞，才不肯脫光衣服。

卡馬魯仍跟以往一樣，每天晚上都獨自爬上船尾樓。天亮以前，他都舉著手裡的星盤觀察星象。天空裡總是布滿星斗。但由於他們這艘船正在逐漸駛近赤道，北辰星的位置越來越低，只能在接近水平線的位置才能看到，所以現在用星盤觀察天象時，北辰星已經起不到什麼作用了。卡馬魯觀測的目標其實是華蓋二星，根據這兩顆星的高度，他就能測量出船身的位置，還能輕鬆地算出獅子國就在附近。亙古不變的天文是不會出錯的。再過四五天，這艘船應該就能在獅子國的亭可馬里[122]順利拋錨。卡馬魯確信自己的技術絲毫不錯，這艘船正在按照預定的路線前進，想到這裡，他露出滿意的微笑，星光照耀下，可以看到他嘴裡閃閃發亮的白牙。

老普林尼的《博物誌》[123]第六卷提到一個地名「塔普羅巴納[124]」，這個地方就是獅子國。老普林尼在書中指出，塔普羅巴納從很久以前就被認為是一個對蹠點國家，也就是說，這個國家位於地球的背面。猜想當時的人們應該以為這個國家的國土從北半球跨越赤道之後延伸到南半球吧。直到亞歷山大大帝的時代，塔普羅巴納才被人證明是個島嶼。老普林尼對這個島嶼似乎特別感興趣，他在《博物誌》的另一卷，也就是第九卷裡還提到，塔普羅巴納島是當時全世界珍珠產量最多的國家。這也是老普林尼難得提供的一項真實訊息。事實上，錫蘭島上確實能夠撈到大粒珍珠。現在大家提起世界著名珍珠產地，立刻就會想起古時從漢代就非常有名的合浦海，這片海域位於海南島北邊的廉州。其實錫蘭島也盛產珍珠，而且名氣絕不輸給合浦海。譬如法顯在《佛國記》[125]裡就指出，「（獅子國）多出珍寶珠璣」。另外像亞歷山大港的商人科斯馬斯[126]撰寫的《基督教世界風土志》也曾提到，早在六世紀左右，錫蘭島就是絲綢、沉香、白檀、珍珠等珍貴物產的重要集散地。

---

122 亭可馬里（Trincomalee）：斯里蘭卡東北部的港口城市。托勒密和馬可波羅的著作裡都曾提到這個地方。

123 《博物誌》：古羅馬博物學者普林尼（Gaius Plinius Secundus）於西元七十七年完成的著作，公認是西方古代百科全書的代表作。

124 塔普羅巴納（Taprobana）：古希臘對印度洋上的斯里蘭卡島的稱呼。

125 《佛國記》：即《法顯傳》，又名《歷遊天竺記》、《釋法顯行傳》。由東晉著名高僧法顯撰寫的遊記。法顯也是第一位前往海外取經求法的僧侶，他從長安出發後，經西域到達天竺，曾經遊歷三十多國，蒐集了大批梵文經典，前後歷時十四年。

126 科斯馬斯（Cosmas Indicopleustes，生卒時間不詳）：出生於埃及亞歷山大港的希臘地理學者、商人。西元五五〇年左右，科斯馬斯撰寫了《基督教世界風土志》，部分內容是他在六世紀初以商人身分遊歷紅海與印度洋的經歷。

一天早晨，親王和安展、圓覺、春丸正在甲板上散步，眾人突然看到右舷前方水平線附近出現一個顯然是島嶼的影子。安展立刻浮起滿臉欣喜說道：

「哎呀，看到島嶼啦。雖然離得很遠，那裡是不是獅子國啊？如果真是獅子國，我們經歷那麼漫長的旅途勞頓，總算沒有白費。喔，好高興啊。」

圓覺卻像顧慮什麼似的制止安展說道：

「你高興得太早了吧？那裡雖然有個島，若說那是獅子國，似乎又太小。說不定是一群鯨魚正在游泳呢。也可能是海底的礁石露出水面。別太興奮了。」

一聽這話，安展頓時掃興地說道：

「圓覺呀，你這個人就喜歡作怪，何必在我高興的時候給我澆冷水呢？哎，真討厭。」

船身逐漸向前靠近，事實證明，圓覺的顧慮沒有錯，那裡根本不是什麼獅子國，只是一堆微微露出水面的小型礁石。而且附近的海面上，還分布著許多類似的小礁石。更令人驚訝的是，那些礁石上面，居然有十幾個人待在那兒。看起來應該都是崑崙人（印度人）。這群膚色黝黑的男人全都半裸著身子，陽光照得他們的肌膚閃閃發亮，有人悠然自得地躺在岩石上打瞌睡，有人正在海水較淺的地方玩水，還有人絲毫不覺羞澀地光著身子在水裡游來游去，有人熱情地朝著漸漸靠近的船身揮手致意。其中有人還高聲叫喊著什麼，但是聽在親王他們的耳裡，只知道這是一種完全聽不懂得外國話。這時，卡馬魯突然來到船舷邊，主動表示願意充當大家的翻譯。

說完，卡馬魯站在船上跟那群崑崙人當中狀似領班的男人交談了一會，然後回頭對親王說：

「這些人是採集珍珠的工人。獅子國政府壟斷了珍珠採集業，一般百姓是不准隨便來採的，所以他們大概是獅子國官方雇用的工人吧。也有可能是來偷採的歹徒，但我沒有多問。反正啊，他們潛進海裡採集珍珠的場景應該是值得一看的，我請他們示範一下如何？」

親王一行早就覺得漫長的航行十分無聊，當然沒人反對這項提議。卡馬魯便向那群工人提出要求，請他們表演一下採集珍珠，同時也通知船長，請他暫時把船停泊在外海。那個領班可能因為嚼檳榔吧，血紅的嘴巴顯得特別刺眼，他聽了卡馬魯的翻譯後，張開紅嘴露出惡魔般的恐怖笑容，然後向手下那些男人下達指令。

他剛說完，立刻有一艘獨木舟從岩石的陰暗處飛快地划過來。接著就有三個男人跳上船，揮動船槳將船划向更深的海域。獨木舟到達目的地之後，三人依次越過船緣縱身跳進海裡。當他們躍進海裡的瞬間，親王看到每人手裡都抓著一個不知用來做什麼的東西，那東西看起來黑黑亮亮，形狀微彎，表面非常光滑，有點像個長長的大喇叭，或者也可以說，是個狀似牛角的東西。

親王一行人並排靠在船舷邊的欄杆上，大家都目不轉睛地瞪著三個男人消失後的海面。十分鐘過去了，接著，二十分鐘也過去了，三個男人始終沒有重新浮上水面。大夥等了又等，海面上就連小小的漩渦都看不到，甚至連泡沫都不曾冒出來。最後，親王等得不耐煩了，低聲對身邊的圓覺說道：

「好奇怪呀。人類可以在水裡這麼長時間不呼吸嗎？」

圓覺露出得意的表情說：

「您沒看到他們手裡拿著一個像牛角的東西嗎？那就他們的祕密工具。據我觀察，那東西是犀牛角。」

「犀牛角？」

圓覺顯得更加得意地說：

「唐土有一部自古就很有名的道家典籍，叫做《抱朴子》[127]，只是我國很少有人知道這部作品。根據書中記載，有一種叫做通天犀的犀牛，犀角上有一條白線。據說如果挑選長度超過一尺的犀角，在上面雕刻魚形紋樣，然後用嘴含著這種犀角的一端潛下海中，身體周圍三尺立方的範圍內都不會有水，也就是說，只要含著這種犀角，就能在水裡任意呼吸。我猜這些人為了採集珍珠，可能活用這種道家的祕法吧。戲法的訣竅就在通天犀。對，絕對沒錯。」

127《抱朴子》：東晉的道教學者葛洪編著的道教典籍。分內外兩篇，內篇主要講述神仙藥方、鬼怪變化、養生延年、消災祛病等。外篇主要談論社會上的各種時事。

「喔，通天犀嗎？聽起來有點難以置信，不過這些人已經下去這麼久了，事實擺在眼前，不信也不行啊。」

眾人一面閒聊一面等候，大約過了四十分鐘，水面突然咕嚕咕嚕冒出許多水泡，大家連忙轉眼望向水面。只見一個嘴含喇叭狀犀角的男人從海裡伸出腦袋，接著，其他人也陸續露出臉孔。其中一人冒出水面後，立刻用右手把犀角從嘴裡拿出來，咧嘴露出笑容。從他張開的嘴唇當中，隱約可見嘴裡塞滿了閃亮發光的白色的圓形珠子。那就是珍珠。這些男人能塞多少就塞多少，嘴裡都塞得滿滿的，才從海底回到水面。他們的嘴巴都被檳榔染得鮮紅，跟潔白晶瑩的珍珠呈現鮮明的對比。

領班的男人小心翼翼地從那些剛剛採來的珍珠裡，選了一顆特別大的，送到親王面前。親王猜想男人的心裡一定打著如意算盤，以為自己會賞個大紅包。不過親王從小就喜歡把玩珠子，因此也不掩飾內心的喜悅，直接用手掌接過那顆圓珠。這顆珍珠非常大，直徑應該超過一公分，呈現接近完美的球形，珠子表面閃耀著略微泛藍的光輝。不，應該說，隨著光線的變換，珍珠表面好像被露水沾溼了似的射出淺粉色光輝。

親王把珍珠放在掌心滾來滾去，專注地欣賞那千變萬化的色澤，忍不住讚嘆：

「真的好神祕！沒想到大自然竟能造出這麼美麗的東西。」

剛說完，圓覺又插嘴說道：

「恕我直言，或許我的看法像在反駁親王，但我覺得珍珠這東西雖然很美，也因為太美了，給人不祥的感覺。」

安展用諷刺的語氣說道：

「您還是閉嘴吧。又在道聽途說了。」

圓覺也不生氣，好像沒聽到安展諷刺的語氣似的說道：

「我經常閱讀一部著作《淮南子》[128]，這也是很有名的道家典籍，其中一章〈說林訓〉裡有一段話是這樣的：『明月之珠，蚌之病而我之利；虎爪象牙，禽獸之利而我之

128《淮南子》：又名《淮南鴻烈》，是西漢淮南王劉安與其門客蒐集史料集體編寫而成的一部哲學著作，主要以道家思想為準則，並吸收諸子百家學說而寫成。

害。』這裡的『蜌』，據說是一種貝類。我們看到珍珠的美麗外表覺得心曠神怡，其實對貝類來說，珍珠只是一種病狀。貝類得病後吐出美麗的異物，就是珍珠。對了，譬如佛陀在修行時也遇到成群試圖誘惑祂的魔鬼，那些魔鬼也是把一顆病態的心隱藏在美麗的外表之下，對吧？雖不知他們是因病態而美麗，還是因美麗才病態，總之，兩者之間存在著某種關連，也是不爭的事實。所以每當我看到異常美麗的東西，不論是女人、花卉或是器物，我都不由自主地生出戒心。現在看到親王掌心裡那顆美麗的珍珠，我也忍不住多事地開始擔憂，不知它將來會不會給親王帶來災難。可能是我過分杞人憂天了吧？這也是我不知輕重向親王表達意見的理由，只是這樣而已，我並沒有其他的惡意。」

親王聽完圓覺這番話，最近暫時忘卻的死亡陰影又忽然悄悄浮上心頭，就像污水的底層突然冒出的沼氣的氣泡一樣。親王甚至覺得，那個男人的聲音好像又在瞬間隨著海風傳進耳中：「……如果在那個光滑如鏡的湖面看不到自己的臉孔倒影……」他不禁感到驚愕。若這顆珍珠真的像圓覺擔心的那樣，是帶給自己災難的不祥之物，那現在豈不是應該毫不猶豫地立刻珍珠扔進海裡？就算珍珠不會帶來災難，自己已被預告將在一年之內離世，而且西渡天竺的願望還沒有完成。所以說，我還是應該提高警覺，讓這種不祥的東西盡量遠離自己，才是聰明的做法？但不可否認的是，他的腦中也同時浮起另一種完全相反的想法：反正自己只有一年的生命了，現在也不必害怕什麼不祥之物，反而應該盡情享用世上所有美麗之物吧？親王從小就有玩賞美玉寶珠的嗜好。現在就算聽到圓覺勸諫，他怎麼捨得狠心拋棄手裡意外獲得的稀世明珠呢？

這時，安展突然發出一陣豪放的笑聲，那聲音在船舷上不斷縈繞，像要吹走親王和圓覺的顧慮似的。

「你竟然還搬出釋尊降魔的古老傳說。真是失敬了。圓覺啊，你這不合身分的慈悲心，用在了不該你管的地方。說什麼珍珠會像魔鬼一樣帶來災難，還說什麼美麗和病態互有關聯。一點規矩都沒有。按照你的說法，親王擁有美麗的心靈，是因為他有病囉？」

圓覺聽了這番斥責，露出驚慌的表情說道：

「哎唷，我可沒那個意思啊。我只想引用古人的教訓提醒一下，外在的美麗是不能指望的……」

圓覺說到這裡，安展強勢地打斷他說道：

「在我看來，親王的心靈之美跟珍珠之美不但十分相似，而且兩相輝映。我看不出兩者的美有什麼區別。就算是因為病態造成的結果，又有什麼關係呢？恕我直言，親王那麼喜歡珍珠之類的明珠，可能也算是一種精神疾病吧。所以我們或許可以認為，這顆珍珠是由於親王的精誠所致，才會出現在這個世界上。也因為這樣，親王的心靈跟珍珠才會那麼相似。什麼不病態就不美麗，我可不像你，我不會只從負面的角度解讀古訓。」

安展和圓覺雖然語氣都很激動，但是像這樣直來直往地進行辯論，已是他們兩人的家常便飯，也就是說，這種活動已經變成他們的一種遊戲或運動。所以親王也不管他們爭論的中心議題就是自己，反而面帶微笑地傾聽他們交談。親王心中雖然隱藏著對死亡的憂慮，但這種憂慮並沒有迫使他直接面對死亡的恐怖，而只是一種隱約的預感。甚至還可以說，這種類似期盼未知經驗的預感，或許還能給他帶來某種喜悅。原來如此，親王想，說不定安展說的沒錯，就是那隱約的預感帶來了這顆珍珠，它就是等著我的死亡所凝成的結晶。

採珠工人的領隊領到一個大紅包之後，笑容滿面地離去了。原先停泊在外海的船身這時又重新啟航前進。

船身才開始向前移動，剛才一直不見蹤影的春丸突然來到親王身邊，顫抖著聲音說道：

「那些採珠工人都走了嗎？我真的好怕他們那個領隊，剛才偷偷跑到船底躲了起來。那個身材矮小的光頭領隊，總覺得他很像儒艮。」

親王露出苦笑說道：

「妳這傢伙真好笑。之前看到儒艮的時候，妳說牠長得像人類，所以很可怕。現在又說有人長得像儒艮，所以很可怕。那個男人雖然皮膚有點黑，的確跟我們不一樣，但他跟普通人也沒什麼分別，不是嗎？難道在妳的眼裡，他是儒艮變成的人類？」

說起來，民間傳說裡並沒有儒艮變成人類的故事，不過大唐自古就有鮫人的傳說。簡單地說，鮫人是一種生活在海裡的怪物，身體長得像魚類，整天都坐在織布機前面織布。鮫人哭泣時，眼中掉落的淚水會變成珍珠。有時鮫人也會變成人類的模樣，上岸到百姓家去走訪。每次離開招待過牠的住戶時，鮫人就把淚水的珍珠當做謝禮，留給那戶人家。有關鮫人的傳說，親王應該並沒聽過，因為他不像圓覺那樣遍讀唐土古籍。但他聽到春丸向自己訴苦時，腦中浮起的形象應該是跟鮫人完全一樣的。再仔細想想，那個矮胖的男人就像春丸所說，的確是跟儒艮有幾分相似啊，親王想，說不定他真的就是儒艮的化身呢。只是，他雖在暗中點頭，卻沒告訴春丸自己的想法。

不久，船上的人都陸續察覺到，一個非同小可的怪異現象正在逐漸顯現。

按照值得信賴的領航員卡馬魯預估，這艘船應該在十天之內就能抵達獅子國北岸。但是從不出錯的天文這次卻好像出了問題，卡馬魯的預測竟被徹底推翻了。十天之後，他們這艘船仍在茫茫大海中漂流，不論船頭朝著哪個方向前進，始終都看不到類似獅子國的陸地出現。卡馬魯被他一向自豪的技術背叛了，他的自尊受到沉重的打擊，每晚都徹夜睜著充滿血絲的雙眼瞪著星空。但現在連星空都很反常，布滿雲霧的空中總是朦朦朧朧，甚至讓人把一顆星看成兩顆。夜空裡，流星頻繁地飛來飛去，閃亮的星光十分刺眼。卡馬魯忿忿不平地坐在船尾樓上不斷用力搔著腦袋。

出問題的不只是天空，就連海面也開始出現變異。不久，船身的周圍全被濃密的霧氣團團包圍起來，之前，他們也遇到過這種經驗，但是這次的濃霧實在太厲害了，就連白天的天空也像黃昏一般昏暗，視野幾乎被濃霧遮蔽得嚴嚴實實。而且這次跟以往不同的是，好不容易衝破濃霧的帷幕之後卻發現，船身依舊陷在濃霧的帷幕裡面，因為濃霧是一層一層緊密堆疊在一起的。既然無法衝出濃霧，船身也就只好像走迷宮似的，一面避開觸礁的危險，一面緩慢又漫無目的地來回繞圈。最後連阿拉伯人船長都受不了這種毫無進展的船速了，他乾脆不再吆喝水手做事，整天氣呼呼地躺在船艙裡睡覺。

更奇怪的是，天空和海面的變異好像也立刻傳給了人類，船上那些男人當中，有人也開始出現怪異的行動。

晚上的氣溫總是那麼悶熱，熱得令人心煩。這天晚上，一群半裸的男人圍成一圈，坐在甲板上喝酒。空氣裡沒有一絲風，就算一句話都不說，汗水也不斷從肌膚上流下來。反正船是無法前進了，船員們閒得無聊，除了藉著酒興高歌幾曲之外，實在也沒有其他的事情可做。極度倦怠的感覺在他們之間瀰漫，但這些盤腿圍坐的男人卻像被什麼東西催著似的，都在盡情笑鬧叫喊，或許他們是想藉著酒醉高歌來掩飾下意識感到的不安吧？親王還是跟平時一樣坐在船尾的梯子上，漠不關心地看著這場氣氛陰鬱的酒宴。

大約過了一小時之後，這群原本神采奕奕大喊大叫的男人，好像突然失去了興致，全都板起臉孔不再發聲。他們依舊盤腿坐在甲板上，但上半身卻像打瞌睡般開始前後搖晃。突然，一個年輕男人起身走到船舷的欄杆邊，全神貫注地凝視著平靜如油的海面。其他人這時也注意到男人的舉動，大夥全都呆呆地望著他。年輕男人回過頭，臉上露出笑容。其他人看到他笑了，也都跟著露出毫無意義的笑容。接著，年輕男人脫掉丁字褲，露出赤裸的全身，然後像被海水吞噬般跳進了夜色中的大海。令人不解的是，他不知為何要把自己的丁字褲留在甲板上。

當天晚上跳海的，還不只那個男人而已。大約過了十五分鐘之後，那群安靜圍坐在一起的男人裡，又有一個人站起來，然後跟前面那個年輕男人一樣，搖晃著身子走到船舷邊，頭也不回地跳進海裡。

第三個男人比較特別，他先打了很大的呵欠，揉著眼睛站起身，彷彿想要散步似的在甲板上走來走去，走了一會兒，他突然想起什麼般走到船尾的梯子旁邊，親王正坐在那裡發呆。男人伸手輕輕拍著親王的肩膀說道：

「喂，米可[129]，太悶了，簡直受不了，你用笛子吹一曲，幫大家打打氣如何？」

「米可」是船上那些阿拉伯人給親王取的暱稱。親王聽了男人的話，彷彿從夢中驚醒似的匆匆跑進船艙去拿笛子。他一心只想著笛子，待他重新回到甲板時，才知道男人已經跳海了。

---

129 此處的「米可」為「御子（みこ）」的音譯。「御子」即「親王」，阿拉伯人直接把日文發音當成親王的暱稱。

令人納悶的是，其他的人從頭到尾都只圍坐在一旁，眼睜睜地看著臨時起意的自殺者付諸行動。他們根本不想阻止，既沒人站起來，也沒人發出任何聲音。大家只是無力地坐在原地。不過親王也沒有資格批評那些人，因為不知為何，他也感到十分無力，好像全身充滿虛脫的感覺，根本沒有想到站起來去救人。他只是遠遠地眺望著一切，就像觀賞一場默劇似的。直到第三個男人拍了他的肩膀，他才總算找回幾分現實感，但腦中完全沒有想到向自殺者伸出援手。這實在太詭異了。唯一的解釋，就是南方大洋的海怪正在這艘船上四處作怪，因此不只是親王失去理智，整艘船上的人也都被弄得神魂顛倒。

根據各種跡象可以看出，這附近顯然是一片魔鬼海域，現在這艘船即使想要脫身，也已無法輕易逃脫，只能一直留在原地打轉。之後，每次碰到極度悶熱的夜晚，船上必定會有三到五名船員像被海怪附身似的主動跳進海裡。所幸的是，這艘船上共有近百名船員，暫時還沒出現人手不足的問題。船員們都盡量避免談論這個話題。親王則再三叮囑年輕的春丸，太陽下山之後絕對不可以到甲板上去。

又過了大約五天，這天晚上，陣陣微風吹來，海面掀起微波，死氣沉沉的大海好像終於復活了。船身雖然還不能乘風破浪一路向前，卻正隨著波浪微微搖晃，就像在做熱身運動似的。既然如此，我們就不必害怕海怪，也不用再提心弔膽了吧，親王想，於是他帶著春丸一起來到久違的甲板上乘涼。親王在船尾的梯子上坐下，拿出雲南的年輕國王賞賜的笛子開始吹奏起來。這支笛子的線條筆直，看起來很像龍笛[130]，製作笛子的竹子和象牙是雲南特產，經過漫長歲月的催化後，笛身現在散發出琥珀色光澤，一望即知，這支笛子是用非常高級的材料做成的。笛聲聽來冷俊清澈，散放著古代的靈氣，也給南海的高溫氣流吹進一股清涼的氣息。

吹奏一陣之後，親王好像失去全身力氣似的從嘴邊拿開笛子。他聽過一個傳說，據說吹笛子若是吹得太過專心，靈魂就會從嘴裡跑出來。現在他似乎有點這種感覺。真奇

130 龍笛：一種傳統橫吹木管樂器，採用篠竹製成，最早可能出現在唐代，現在只在日本可見。由於音色令人聯想翔龍飛騰時的叫聲，因而得名。

怪！親王想，只希望前幾天晚上發生的事情不要重演就好。想到這裡，他轉眼向身邊看了一眼，看到春丸正神色緊張地凝視著海面。親王對這孩子的神經質早已司空見慣，他忍不住暗自嘆息一聲：「她又來了？」然後向春丸問道：

「怎麼了？妳在看什麼？」

親王還沒說完，春丸就驚駭地用手指著右舷前方的海面說道：

「哎唷哎唷，那裡有一艘船……」

「什麼？」

親王抬眼望去，前方的霧團已被海風吹出一道裂縫，他從那個縫隙望去，果然看到霧中有一艘船，應該是某種中國帆船[131]。舷牆板上有射箭孔，船上有投石機，插在桅杆之間的大小旗幟正在隨風飄揚。帆船像幻影似的漂浮在水上，看來似乎是一艘小型的古代戰船。漆黑的天空裡並沒有月亮或星星，但那艘小船卻隱約泛著白光，並像水中倒影般搖搖晃晃繞著大圈逐漸靠近過來。

小船駛到眼前時，親王定睛細看，這才看到船上擠滿了無數乘客。但那些人都像影子似的只有狀似人類的身影，臉孔和身體卻看不清楚，好像全都被濃霧籠罩著，模模糊糊的，真不知是否能把他們叫做人類。那些人影擠在船舷邊排成一排，無聲無息地緊盯親王這艘船，全都像水中倒影似的搖來晃去，忽大忽小。

「那艘船上的傢伙都是真人嗎？是一群活人嗎？看不出來啊。」

春丸彷彿完全沒聽到親王的低語，她一心只顧著觀察那艘幻影般的船隻，根本無心回答親王。

眼看那艘小船已經駛到眼前，兩船的船舷終於緊緊相靠。只是，雖說是緊靠，但那艘船比親王這艘船小很多，船舷的位置也更低，所以兩船相靠時，其實是對方的船舷撞在親王這艘船的船腹上，然而，親王卻沒有感到任何衝擊，好像那艘船根本沒有重量。就在這時，那艘船上擠得滿坑滿谷的黑影已從低處的船舷朝向高處船舷拋擲繩鉤，接

131 中國帆船：也叫「戎克船」，是英文「junk」的音譯。這種中國獨創的帆船在西元前兩百年的漢朝即已存在。後來經過改良與演變，直到二十世紀初仍在中國近海活躍。

著，一大群黑影便順著繩索一窩風地攀上親王這艘船的甲板。

「哈啦哈啦哈啦，哈啦哈啦哈啦。」陣陣奇妙的聲音從那些一擁而上的男人嘴裡不斷冒出來，或許是他們的笑聲吧。

親王連忙催著春丸逃離甲板，但是已經遲了。他們的前後左右已被那些男人的黑影團團圍住，兩人都失去了退路。

「哈啦哈啦哈啦，哈啦哈啦哈啦。」黑影男人發出的恐怖笑聲顯然含有嘲諷的意思，他們笑著放肆地用手觸摸親王和春丸的身體。那些手不但冰得令人顫抖，更像是剛泡過水似的。親王被他們這樣一摸，肌膚都溼淋淋的，全身不由自主地冒出雞皮疙瘩。春丸則受到驚嚇，早已昏死過去，只能任由那些男人隨意擺布了。我們不能跟這些幽靈似的傢伙對抗，親王想。於是他也跟春丸一樣不再掙扎抵抗。

那群男人用冰涼的手徹底摸查親王全身上下一遍後，先搶走親王緊抓在右手裡的笛子，接著還想拿走他掛在腰帶上的虎皮袋。這個袋子原是用來放置打火道具的，不久前才從採珠工人那裡得到的珍珠，親王也裝在袋子裡。男人們的動作惹怒了親王，他終於做出決斷，打算抵死反抗這群黑影男人。

親王為什麼決定抵抗，不肯被人搶走珍珠呢？圓覺曾說珍珠是不祥的東西，安展卻表示事實未必如此。他甚至還說，這顆珍珠是因為親王的精誠所致，才會出現在這個世界上。姑且不論誰的看法正確，但事實上，親王已在不知不覺中對這顆珍珠產生了非比尋常的感情。就算是不祥之物，但那珍珠跟我心意相通啊，怎麼能隨便被人搶走呢？你們敢搶，就來試試看吧。親王下定決心後，使出全身力氣揮開那些男人的手，同時舉拳攻擊敵人的胸膛，但他覺得自己的拳頭好像打在空氣裡，那些黑影彷彿都不是真實的物體。

就在這陣打鬥中，親王那個古色古香的虎皮袋被扯破了，珍珠倏地從袋子裡滾出來，差點就要掉落地面。好在親王立即伸出手掌，接住了珠子。就在這一瞬間，那些男人當中又有兩三隻手伸過來。這下完了！親王還來不及多想，就把珍珠塞進嘴裡，「咕嚕」一聲，不自覺地把珠子吞下肚了。這下再也不必擔心被人搶走啦，親王想。

接著，一陣暈眩襲來，親王頓時撲倒在地上。「哈啦哈啦哈啦，哈啦哈啦哈啦。」

他逐漸失去了意識。只有那些男人的空虛笑聲始終停留在耳中。

親王昏睡了很長一段時間，等他從昏睡中恢復清晰的意識時，第一個感覺就是喉頭正在隱隱做痛。他不知那種感覺是因為疼痛還是異物，總之，他覺得喉嚨裡有東西，那東西好像卡在喉嚨附近，吐不出來，也吞不下去。他試著想吞下那東西卻無法。他覺得嘴裡很乾，很想喝水，於是手伸向漆黑的枕畔摸了半天，但是那個位置並沒有水杯。

黑暗中，他睜著一雙清醒的眼睛，反覆試圖重新連接中斷的記憶。珍珠到哪裡去了？對了，在船上遭到那些黑影男人襲擊時，我在情急中吞下珍珠。所以說，現在喉嚨痛是因為我吞了珍珠？因為珍珠還黏在喉頭，滑不下去的關係嗎？會有這種事嗎？

親王突然想起自己剛滿五歲的時候，也曾不小心吞下一顆跟這顆珍珠一樣大的玉珠。珠子應該是從後宮女官的飾品上掉下來的。那天，親王正躺在面向清涼殿[132]東院的竹蓆上休息，手裡拿著那顆玉珠把玩，玩著玩著，也不知怎麼回事，珠子一下子滑進嘴裡。他緊張地吞了口唾液，這下可糟了，一眨眼工夫，玉珠就已緩緩滑過食道，掉進胃袋。這件事立刻在宮裡引起了騷動。許多有名的醫生都被叫來會診，親王服了湯藥，卻不見藥效。最後還是藤原藥子為求表現，出手為親王診治，她採用祕方牽牛子煎成湯藥。親王服下後第三天早上，大家就在盛裝孩童糞便的木桶裡發現，那顆玉珠跟糞便一起排出來了。哎呀，宮裡上上下下這才鬆了口氣。藥子使用的「牽牛子」，其實是日本自奈良時代開始從唐土海運進口的牽牛花種子，在當時是一種非常珍貴的瀉藥。

藥子那時為了找到玉珠，毫不在意地用手在木桶裡的糞便中翻來翻去，最後終於找到了珠子，藥子自認做得不錯，臉上露出滿意的微笑。親王直到現在都還記得，藥子當時滿臉都是得意的表情。回想到這裡，親王的嘴角不禁浮起微笑，似乎在轉瞬間忘掉了喉嚨痛。

然而，這裡究竟是什麼地方？我像這樣躺著，卻感覺不出前後左右的搖晃，所以說，我好像並不在船裡。難道這艘阿拉伯船已經脫離魔鬼海域，順利抵達目的地獅子國

132 清涼殿：平安時代中期之後的天皇寢宮，正面向東。

了？或者我們又被狂風吹到了某個做夢都想不到的島嶼？親王完全猜不透自己究竟身在何處，身邊也不像有人會來的感覺。他猛然支起身子呼喚著：

「喂！來人啊。」

他試著大聲叫喊，卻突然發現自己的聲音完全變樣了。他只能發出一種刺耳、乾枯又沙啞的聲音。或許還是因為我的喉嚨出問題了吧。雖然他也想安慰自己說，一切都是自己的錯覺，但事實完全不像錯覺。他的喉嚨是真的很痛。一定是真的病了。事態的發展終於水落石出。如果我註定要在一年以內離世，一定就是出於這個理由。

想到這裡，親王不知為何反而覺得肩頭的重負變輕了。在我不知道的某處，命運的齒輪正在一步一步悄悄運轉，彷彿在為我不知何時降臨的死期，毫無缺失地進行著各種準備工作。我不是古代的高僧，從來不曾積極探知自己的死期。事實上，死亡現在已經凝聚成一顆珍珠，鑽進我的喉嚨深處，不是嗎？我等於已經吞下了死亡之珠，不是嗎？現在我就要和這顆死亡之珠一起前往天竺。或許等我到了天竺，這顆死亡之珠會在一股無法形容的香氣中，「砰」地迸裂，那時，我就會像喝得大醉般死去吧。不，或許可說，我的歸處就是天竺。死亡之珠一旦裂開，應該就能飄出天竺的芳香。這種死法多麼豪邁！親王的心情頓時開朗起來，他支著上半身再度喊道：

「喂！安展，圓覺，你們在哪裡？聽到了就回答我呀！」

只是，那聲音沙啞得令人憐憫，就像有人把笛子吹出了破音，不僅難聽，更令人難以相信那是人類的聲音。

親王搭乘的這艘船究竟到了哪裡呢？在他弄清情況之前，我們還是暫且保密吧。但目前可以肯定的是，至少，他並沒有到達當初預定的目的地——獅子國。

頻伽

最先在著作裡提到「孟加拉灣附近有一片魔鬼海域」的人，是南宋的周去非[133]，他曾被派往嶺南當官，後來就把自己在南海諸國的見聞紀錄寫成了《嶺外代答》，共十卷。據他在書中指出，從蘇門答臘島的藍里[134]出發前往印度故臨[135]的船隻，一定要非常小

133 周去非（一一三四—一一八九）：南宋地理學家。他在廣西桂林附近地區任官時，寫下筆記《嶺外代答》。書中記載了宋代廣西地區的地理、人文、邊防、風土、物產等方面的豐富資訊，同時也提到鄰國的地理、人文、風土、物產等。堪稱是一部宋代廣西地方誌，同時也是宋代中外交通史。

134 藍里：位於今天印尼蘇門答臘島西北角亞齊河下游北岸的哥打拉夜附近。因地處麻六甲海峽北口西岸，地理位置重要。周去非在《嶺外代答》的〈大食諸國〉中曾經提及。

135 故臨：位於現在的印度西南沿岸奎隆（Kollam）一帶。古代是中國與阿拉伯地區之間的重要交通中轉站。

心地避開獅子國附近的魔鬼海域。據說船隻若是不慎闖進這片魔鬼海域，不僅可能滯留原地反覆繞圈，還有可能在一夜之間被逆風吹回藍里。一般的情況下，船隻從藍里駛到獅子國附近，需要花費近一個月的時間，但逆風卻能在一個晚上就把船隻吹回藍里，可見這風的力道非比尋常。或許只有在魔鬼海域才會有這種魔鬼般的狂風吧。猜想親王搭乘的這艘阿拉伯船應該也是在獅子國附近不小心闖進魔鬼海域，然後被逆風的魔力吹到赤道下方，並且一路向東推進，最後終於在一夜之間，吹到了蘇門答臘島的北端。因此就算卡馬魯那樣精通天文，能夠自在地指揮船隻行進的領航人，也未必能把這種突發的逆風列入預設的狀況。

於是，親王一行就這樣糊里糊塗地連人帶船一起陷進萬里驚濤之中，等他們發覺情況有變時，天色正在露出曙光，他們的船隻已經意外地漂流到蘇門答臘島的某個角落。當然，這時船上沒有一個人知道這裡就是蘇門答臘島。

蘇門答臘島在當時有個梵語的名字，叫做「Srivijaya」，之後的一百年之間，這個顯赫一時的佛教國家一直沒有改過國名。唐土則把「Srivijaya」音譯為「室利佛誓」。

親王他們抵達時，這個國家的黃金時代雖已過去，但只要看到聳立在全國各地的磚造或石造佛塔，就能立即明瞭室利佛誓這塊土地曾因大乘佛教的教化而繁盛，就連那些零星散落在密林裡的古老神像或林伽，雖然看似被人遺忘，卻能窺出當時國內普遍謳歌佛法的盛況。就在親王漂流到這裡的兩百多年前，大唐僧人義淨前往天竺的途中曾在這裡閑居七年，顯然也是因為這裡對他具有足夠的吸引力。

漂流了一夜，天總算亮了，親王一行踏上船隻停靠的島嶼，他們肯定做夢也沒想到，這裡是距離孟加拉灣百里之外的一個佛教王國的某個角落，所以當他們看到四處林立的佛教紀念碑，還有高高矗立在山丘上、山谷下的無數金字塔似的大小佛塔，大家都不敢相信自己的眼睛。眾人不禁猜測，既然附近密密麻麻地建了這麼多佛塔，這裡應該是個崇尚天竺佛威的地方吧。哎呀，肯定沒錯了。其實也難怪大家得出這種結論。在陽

周去非在《嶺外代答》指出，「故臨國與大食國（即阿拉伯）相邇……」。「故臨」在《宋史》裡寫作「古林」，到了元代又改名為「俱藍」，明代有時稱為小葛蘭國，有時稱為大葛蘭國。

光照耀下，周圍那些造型格外雄偉的佛塔不斷反射出耀眼的光芒，也將黃褐色建築的宏偉面貌呈現在眾人面前。安展不禁仰起臉，好像亮得睜不開眼似的看著佛塔頂端慨嘆道：

「我們之前雖已去過真臘、盤盤、阿拉幹等盛行佛教的國家，但我真沒看過如此盛大的弘法標誌。這座佛塔看起來多奢華啊！想必這裡就是獅子國了吧？真沒想到我們竟然漂流到獅子國來了。圓覺，你說呢？」

圓覺受到安展的影響，也不自覺地興奮說道：

「我也不知道這裡是不是獅子國，但我知道一件事，這地方沐浴在教化的榮光下，一定距離天竺很近，這一點是不會錯的。說不定啊，我們已經駛過獅子國，現在深入天竺的內陸了呢。反正我就是有這種感覺。我的證據就是，總聞到哪裡飄來陣陣奇香，難道是我的錯覺？不過，這是我第一次遇到這種事。親王，您覺得如何呢？」

圓覺興沖沖地向親王提問，親王卻出人意料地沉默著沒說話。圓覺原以為天竺已經近在眼前，親王應該感到欣喜若狂，誰知他竟令人費解地保持沉默，圓覺不免有些焦躁。

「您不肯回答，難道是因為昨晚喉嚨痛更嚴重了？請恕我私自揣測，或者是其他特別的理由……」

親王看到圓覺在一旁細心地琢磨著，忍不住低聲笑道：

「哎呀，也沒有什麼特別的理由啦。我只是很難相信這裡像你們說的那樣，距離天竺很近了。就是因為這個理由而已。」

圓覺覺得非常意外地說道：

「您為什麼不信呢？」

親王使勁擠出沙啞的聲音說道：

「你想想看，天竺怎麼可能這麼簡單就能到達呢？我一直以為，想要踏上天竺的土地，必須經歷千辛萬苦才能如願。如果只是因為大風吹跑了船，就這樣隨隨便便漂流到天竺，你不覺得這樣就太沒有意思了嗎？不會覺得缺少什麼嗎？」

聽到這裡，安展露出訝異的表情代替圓覺說道：

「您說『這麼簡單』，可是，親王，我們從廣州出發到現在，一直在南海諸國四處漂流，前後已經耗費將近一年的時間。這樣叫做簡單嗎？每當我想到經歷了這麼多困難，還不能到達天竺嗎？我就悲哀得想哭。心裡忍不住就想，已經吃了這麼多苦頭，也該到達天竺了吧。若說覺得缺少什麼，別開玩笑了。看來親王是準備承受超人的辛勞和苦難吧？不過，如果這裡就是獅子國的話，就沒有這種必要了。」

「當然，如果這裡就是獅子國的話。哎，好吧，反正遲早會有答案的。」

親王不在意地說完，結束了這段沒有結論的談話，然後便拋下安展和圓覺，轉身朝向島嶼深處那片峰巒相連的丘陵地走去。看來他似乎想到這座首度登上的島嶼內部探勘一番。

跟他們之前遊歷過的南海諸國相比，這座島嶼可說是相當特別，因為島上分布著許多條火山的山脈，有些是現在仍然經常噴發的活火山，有些是從前發生過大規模爆發的休眠火山，這些火山的噴出物甚至還將部分佛教遺址都埋了起來。他們三人邊走邊目睹了堆積在沿途的火山灰、岩石，還有冷卻後凝固的岩漿，一望即知，這些都是從前恐怖的火山爆發時留下的痕跡。但另一方面，也因為氣候多雨，火山灰的表面很快又長出了植物。這裡的空氣裡總是充滿使人肌膚黏膩的溼氣，地面也像溼漉漉的沼澤地，當他們走到長滿蕨類植物的密林附近時，就覺得兩腳快要陷進土裡似的，內心充滿了不安。親王跟安展和圓覺都非常小心謹慎地踏出每一步。

大約走了一里左右，前方的視野突然變得非常開闊，一片近似圓形的凹地出現在他們眼前，這塊凹地的面積並不大，四周全被密林圍住。地面密密麻麻長滿矮草，大概都是溼生植物吧。凹地的中央有一片氣氛靜謐，清水滿溢的沼澤，水畔盛開著一種不知名的奇花，花朵的直徑大約有一公尺，共有五片肉質厚實的花瓣，花色鮮紅刺眼。令人很難相信世界上竟有這麼巨大的花朵。更奇怪的是，從外觀看來，這花既沒有綠葉也沒有花莖，好像只有一朵花突然從地下冒出臉來，顯然跟普通植物的結構完全不同。也就是說，這是一種只會開花的植物。好在這種花兒有時也在沼澤水面的輝映下，閃現出鮮血般的色彩，至少能讓人們藉此看出它們是有生命的。

現在大家都已知道親王跟安展、圓覺看到的這種植物，是全世界最大的花類，但他們並不知道後來發生的事情，所以對這妖怪似的花朵可說是一無所知。直到親王的時代過了一千年之後，東印度公司的重要成員萊佛士爵士[136]到蘇門答臘探險時，才偶然發現了這種花，並把它命名為大王花。因此當時就連精通本草學的圓覺，看到這種從未躋身唐土知識體系的蠻夷植物，也是一臉霧水。三個人佇立半晌，都像受到驚嚇似的說不出一句話，三人都只是站在密林裡注視形狀怪異的花朵，誰也沒打算踏進凹地。最後，安展總算喃喃自語似的擠出一句話：

「如果有人只長著腦袋，那它一定是妖怪。這東西看起來就像只會開花的妖怪植物。啊唷！真的越看越恐怖。我看應該叫做惡魔花吧。這種惡魔般的植物，光憑它敢公然占據這片土地，我猜這裡大概不是獅子國。應該是一片還沒受到教化之光普照的蠻荒之地。哎呀，我有點搞不懂了。」

圓覺也像自言自語似的說道：

「蓮花上面總是有如來佛端坐，這種花的上面究竟坐著什麼鬼怪啊？這花的形狀與其說它像蓮花，反而更像山茶花呢。看起來就像一朵巨大的山茶花掉在地上。對了，

《莊子》的〈逍遙遊〉裡有這樣一段文字：『上古有大椿者，以八千歲為春，八千歲為秋[137]。』不過這東西不可能是大椿樹的花。它雖然大得不得了，但是一點都不像喜慶的花。總覺得它好像散發著屍臭味。我們站在這裡，那臭氣都會撲鼻而來呢。哎呀，好恐怖，真受不了。」

兩人說到這裡，只有親王好像忘記了開口似的，始終專注地凝視著遠處的巨大花朵。花兒像在燃燒自己似的奮力綻放花瓣，彷彿要藉此趕走烈日下正在靠近自己的人類。

三個人就這樣呆呆地佇立了好一陣子，忽然感覺身後好像有人走過來。

---

136 萊佛士爵士（Sir Thomas Stamford Bingley Raffles，一七八一—一八二六）：英國殖民時期重要的政治家。一八一九年在馬來西亞半島南端的一個小島上建立了自由貿易港，就是現在的新加坡。這也是萊佛士爵士畢生最重要的貢獻。

137 大椿這種樹把八千年當做一個春季，又把八千年當做一個秋季，即這種樹非常長壽的意思。大椿是古代寓言裡的樹名，後世有人考證，認為大椿樹是木槿樹。此處圓覺從山茶花聯想到大椿，或許因為「椿」在日文裡是山茶花的意思。

「你們是什麼人？」

大家回頭望去，只見一個瘦得皮包骨頭的男人站在那裡，男人看起來還很年輕，瘦得有點可怕，連肋骨都肉眼可見，全身只穿了一條布料很薄的僧裙。他眼中射出探索的目光，反覆審視著眼前的三個人。男人嘴裡說出語言，是三人在盤盤國的時候聽慣的馬來話，而且他們在盤盤國也很快地學會了這種語言，所以立即聽懂了男人的意思。於是，一向能言善道的安展便向前一步，用馬來話答道：

「我們是從日本來的旅人。」

「這裡可不是隨便誰都可以任意闖入的地方。你們剛才在這裡做什麼？」

「因為看到這花實在太神奇，我們就站在這裡欣賞，不知不覺忘了時間。」

男人露出懷疑的眼神問道：

「我得確認一下，你們沒有去摸那些花吧？」

安展仰起腦袋笑著說：

「誰會去摸啊？你就是叫我摸，我都不想摸。」

男人看到安展的反應，可能比較放心了，語氣也變得較為和緩。
「那是食人花喔。它會在瞬間吸乾人類體內的液體，把人變成一具木乃伊。你們沒走到它旁邊去，倒是十分明智。」
安展大吃一驚說：
「食人花我還是第一次聽說。這裡長了很多這種花嗎？」
「不多。最近火山活動的次數變少了，而食人花原本喜歡火山噴發造成地熱升高的狀態，所以最近數量也減少了。全國現在大概只有三十株吧。因此這花才受到特別重視，並且雇用我這種護花者在這裡看守。要是這些花枯萎了，我多沒面子啊。還會失業呢。」
「為什麼這種花非保護不可呢？下令保護的人又是誰呢？」
「當然是我國的國王下令保護啊。至於為什麼要保護？是為了把歷代王妃都製成木乃伊啦。除了這個目的，這花根本沒有其他用處。」
聽到這裡，安展還想繼續追問，對面山谷這時卻突然傳來一陣海螺號角的聲音。男人馬上露出緊張的神情說道：

「啊！那是王妃前往佛寺參拜的隊伍。現在大概剛從這山丘下的山谷經過。你們想看的話，可以過去瞧瞧唷。對我們這些卑微的臣民來說，能在王妃活著的時候拜見她的美麗容顏，可是難得大飽眼福的機會啊。這種大好良機，你們可別錯過了。來吧！快！快點。等王妃生了孩子，就不能再指望這種眼福了。來！快點！快點啊。」

男人究竟說些什麼，親王他們根本沒有聽懂，但在男人的催促下，三個人幾乎是從斜坡滾下去似的匆匆奔下山，來到綠蔭茂密的谷底，躲在路邊一棵大樹的後面，等待王妃的隊伍來臨。

沒多久，隊伍終於過來了。其實說是隊伍，並沒有什麼大張旗鼓的陣仗，人數也不算多。隊伍最前面是吹著海螺號角的四名少年，後面跟著悠閒穩坐大象背上的王妃，另外還有十幾名侍女環繞四周，王妃手裡抓著一把極樂鳥羽毛扇，輕搖扇子從大家面前緩緩通過。的確，那個負責看花的男人說的沒錯，王妃的容姿確實豔麗嫵媚，圓潤嬌嫩，年紀應該還不到十七歲吧，全身卻散發著一種跟年齡不符的傲慢。親王腦中突然浮起一個念頭，自己從來不知道藥子年輕時的模樣，說不定她年輕時也會裝出這種老成持重的表情吧？剛想到這裡，親王突然感到心底湧起一種奇異的騷動。眼前這女人雖然打扮成王室的年輕貴婦，親王卻覺得自己好像在哪裡看過她。

這時，隊伍剛好經過親王的面前，片段的記憶一下子拼湊起來了。「啊！」親王不由自主地發出一聲輕呼。剛才看她一本正經擺出王室貴婦的做派，竟然沒認出來，這女人不就是我很熟悉的那個盤盤國的活潑少女芭塔莉亞·芭它塔公主嗎？親王一想到這裡，連喉嚨痛都忘了，忍不住大喊起來：

「啊呀！芭塔莉亞·芭它塔公主，我們又見面了。」

一聽到喊聲，坐在大象背上的王妃也立刻發現了親王，她睜大一雙原本就很大的眼睛，萬分驚喜地說道路：

「哎唷！親王！真是太想念您了……」

聽到這聲音，親王也高興得不自覺地流下眼淚。今天能在這條谷底的山路上跟芭塔莉亞·芭它塔公主重逢，難道是前世的約定？其實親王平時很少會對這類奇異現象深入思考的。

之前，親王曾在馬來半島的盤盤國逗留過一段時期。盤盤國自古就跟蘇門答臘島的室利佛誓成為親密的友邦，後來，盤盤國的太守千金芭塔莉亞・芭它塔公主嫁到室利佛誓，現在已經成為室利佛誓的王妃。盤盤國跟室利佛誓隔著麻六甲海峽彼此相望，雖說是友邦關係，其實更接近姻親關係。兩個國家都是著名的佛教王國，而且共同管理著好幾個重要的南海貿易據點，幾乎可以說，兩國關係密切得等於就是一個國家。

芭塔莉亞・芭它塔公主現在的正確名字應該叫做芭塔莉亞・芭塔莉亞・芭它塔公主。按照室利佛誓的習俗，女人結婚後的全名必須把前面的名字重複一遍。太守千金還是小姐的時候，曾經患了不明原因的憂鬱症。當時有位婆羅門建議吃她父親經營的貘園裡的貘肉。小姐的父親和身邊的侍女都以為她吃了貘肉，但事實上，她一口都沒吃。卻假裝吃過的樣子，然後把盤裡的肉全都扔了。就連那時把自己的夢提供給貘食用的親王，也被她矇騙了。親王還天真地幻想過，既然貘吃了自己的夢，然後公主又吃了那隻貘的肉，自己跟公主等於是合為一體了。

那時，芭塔莉亞．芭它塔公主常到貘園來玩，她跟親王就在不知不覺中開始一起聊天。這位太守千金一向任性，不肯受人管束，但不知為何，她對親王卻表現得非常溫順，兩人還曾結伴參觀動物園裡的珍奇鳥獸。那時公主顯得非常開心。後來太守為了協助親王西渡天竺，特地為他準備了船隻。親王從投拘利港啟航時，芭塔莉亞．芭它塔公主還跟她父親一起前來送行。只是不知為何，那天她始終嘟著嘴，好像很生氣的樣子。親王向她露出微笑時，她甚至還氣呼呼地把臉孔轉向一旁。其實也不能怪她，公主的喜怒原本就像那樣陰晴不定吧。

那天在谷底的山路上偶遇芭塔莉亞．芭它塔公主之後後過了一個多月，親王覺得喉嚨痛得越來越厲害了，無奈中，他只好在海邊暫住的小木屋裡臥床休息。安展、圓覺，和春丸整天都在為他的病情擔憂。

「親王，您好像昨天到現在什麼都沒吃啊，這樣下去，身體會越來越衰弱的。我做了山藥粥，您就算吞嚥起來很痛苦，也至少吃一口吧？」，春丸幾乎要哭了似的哀求著親王，親王臉上卻浮起為難的表情說：

「從各種跡象看得出，我馬上就要離開人世了，這個結局是不會改變的。所以你們不必為我擔心。山藥粥是我從小喜愛的食物，問題是現在不知能不能嚥下山藥。只喝粥的話，應該沒問題吧。」

然而，親王最後還是趁身邊的人不注意，倒掉了碗裡的食物，然後再假裝是自己吃掉的樣子。但是安展、圓覺和春丸都不是粗枝大葉的性格，不至於連這種事情都看不出來。但他們轉念一想，親王現在連喝粥都這麼痛苦，實在令人不捨，所以也不想再多說什麼。他們三人經常一早就匆匆離開住處，漫無目的地四處奔走，希望在島上找些親王容易嚥下的食物。這天，三人也跟平時一樣出門去了，親王則獨自留在小屋裡躺著發呆。

這時，忽聽門上發出「咚咚咚」的敲門聲，敲門的人似乎不好意思敲得太響。親王開門一看，原來是芭塔莉亞·芭它塔公主。她穿著一身樸素的服裝，滿臉憂愁的表情，跟上次見到時完全不同。

「上次聽說您病了，不知後來怎麼樣？我實在太擔心了，顧不得會給您添麻煩，就過來探望您了。」

親王笑著說：

「妳聽聽我的聲音，就知我病情怎麼樣了吧？現在整天總感覺喉嚨裡有什麼東西卡在那兒，也不能按照自己的意思發出聲音。這種現象一天比一天嚴重。我這樣跟妳說話，妳聽起來也覺得很痛苦吧？」

「不，完全沒有。」

「而且我最近幾乎吃不下什麼東西。無法從喉嚨嚥下去。我有一種確切的預感，自己的生命馬上就要走到盡頭了。究竟是先到天竺，還是先離開人世，真的無法預測。喔，如果兩者同時完成，當然是最理想啦。」

親王說完，公主突然提高嗓音說：

「哎呀，這樣啊？不瞞您說，我也是必定在一年之內離世呢。說來也真是令人難以相信，那天遇到親王之後，我就一直沒來月經。」

聽到這裡，親王實在不懂她在說些什麼。公主即將離世跟她的月經沒來，這兩件事有什麼關連嗎？親王露出滿臉疑惑，公主卻一點也不在意，她像要抓住親王的手似的忽然靠過來，俯在親王的耳邊說道：

「哎，我死了之後會被送到一座墓廟[138]去，我現在就帶您去參觀一下吧。請跟我來。那是很有名的墓廟，不論唐土或天竺的僧侶，凡是來到我國的僧侶，都一定會去參觀的。猜想親王應該也會感興趣。來，去看看吧？走吧。」

親王雖已習慣了公主的任性，但他今天身體狀況不好，實在不想出門。公主這時卻已經站起來，好像立刻就要飛奔出去的模樣。親王原就是容易糊里糊塗地跟著別人行動的性格，現在看到公主的舉動，不免生出憐憫之心，覺得自己若不跟著一起出門的話，公主就太可憐了。所以他也沒有表示反對，就跟著公主走出小屋。到了門外，公主像是下定決心般沉默著向前走去。一路上，兩人幾乎都沒說話。

走了一段路，遠處的小山丘上出現了一座宏偉的建築。建築物是用灰色安山岩[139]石塊堆砌而成，整體呈現不規則的金字塔形。大概就是公主所說的墓廟吧。山丘並不算高，親王爬起來卻很吃力，感覺好像要窒息了似的。這是他從沒遭遇過的經驗。雖然他並不覺得病情有什麼嚴重，但畢竟還是惡化了吧？好不容易爬到山丘的頂端，親王轉眼眺望四周，看到周圍全是土地肥沃的廣闊原野。遠處有一座圓錐形的成層火山屹立在藍天下，淡淡的煙霧不斷從山頂冒出，看起來就像火山的羽毛頭飾。半晌，親王一直沉浸在眼前這片雄偉的景色中，連汗水都忘了擦拭。

墓廟建造在一座高達五層的正方形基石上，每層基石的最外側都被一道寬闊的長廊圍繞，第一層至第三層的長廊呈正方形，第四、五層的長廊呈圓形，基石的牆上雕鑿出許多佛龕，每個佛龕裡都供奉一座佛像。基石的最上面有一座高聳的塔廟，塔身從底部到塔頂呈弧形，塔頂尖細，整體看來就像一顆砲彈。親王踏著陡峻的石階向上攀登，到了塔廟裡才發現內部的空間相當寬闊，比他在塔外想像的寬敞多了。

---

138 墓廟：一種古建築，因墓而建的廟。通常是有身分地位的人去世後在墓前建造的廟宇。

139 安山岩：一種中性火山噴出岩，在新生代環太平洋地區被大量發現。「安山岩（andesite）」這個名詞來自南美「安地斯山脈」。

親王被公主一路拉著，腳步踉蹌地跟她走進塔廟內部。但因為牆上沒有窗戶，室內顯得非常昏暗，他根本看不清塔廟裡面有些什麼。沒多久，公主動作迅速地點燃一根大概是她帶來的火把，將火把伸向圓形房間的牆邊。就在這瞬間，火花迸裂，火星飛濺，原本並列在牆邊的整排奇異物體，忽然從黑暗中現出原形。原來是一排跟人一樣高的佛像。至少剛看到的時候，親王以為那些都是佛像。但是等他的眼睛逐漸習慣了周圍的景象，他才看出那些佛像全都跟真人一樣栩栩如生。親王不禁大吃一驚。總共有二十二座雕像。全都是半裸的女人。有些是年輕女人，有些是上了年紀的女人，全都雕塑得跟活人一模一樣，連毛孔都毫釐不差地復現出來，甚至從她們的姿態裡還能感受到幾分淫穢，令人看了十分害怕。親王覺得有點心驚膽戰，好像看了自己不該看的東西。這時，公主終於開說道：

「這都些是室利佛誓歷代王妃的肉身像。她們全都生下了優秀的下一代，然後心甘情願地變成了木乃伊。也因為這個理由，這裡的每張臉上都充滿了自傲的表情，甚至還有人露出一絲微笑。她們當中年紀最小的，是十九歲，年紀最大的，是三十三歲。如果我也加入她們，毫無疑問，我絕對是最年輕的。是的，如果我生了孩子，立刻就會變成木乃伊，然後長眠在這座塔廟裡。哎呀，我多麼期待懷孕啊！但我一直無法如願，這種屈辱，實在令我憎惡！我之所以會有這種想法，是因為我丈夫天生就是身心虛弱的人，可能根本沒有能力讓女人受孕。上次在山谷的路上碰到親王，不瞞您說，那時我剛從山背面的濕婆神廟求子歸來。不過，現在已經不需要求神了。可能濕婆神顯靈了吧。現在我已經順利懷孕。或許也是托了親王的福，那天之後，我就沒來月經了。」

親王聽到這裡，忍不住插嘴問道：

「有件事我很難理解，難道這個國家有法律規定，王妃生了孩子就必須去死嗎？」

「是的。」

「為什麼會這樣呢？」

「這個嘛，我也不知道為什麼。可能因為大家都認為，女人生完孩子，生命就可以結束，已經不必活在這個世界上了吧。聽說這個習俗在幾百年前就有了，而且從來沒有一位王妃退縮過，她們反而非常積極，主動表示期盼進入這座墓廟呢。其實我也一樣，因為這樣不但能夠永保青春，還能以最年輕的王妃身分入祭墓廟。我覺得世界上沒有比這更光榮的事情了。墓廟是能讓我永保青春的地方啊。」

「妳剛才說，生下孩子之後就得去死，究竟是用什麼方式呢？」

「喔，我還沒向您說明這部分細節啊。其實有個難得的好辦法。這附近的溼地長著一種植物，它最喜歡吸食人體內的水分，能把人體變成乾巴巴的人乾……」

「嗯，妳說的那種植物，我也看過。就是那種大得不得了的大紅花吧？」

「只要往那種植物的大花上面一坐，體內的水分就會自然乾涸，最後變成一具無可挑替的木乃伊。不管過多少年之後，那具木乃伊的皮膚光澤和彈性都絲毫不減，永遠都像活著的時候那樣潤澤。這種植物創造的奇蹟，實在太驚人了。也只有在教化之光普照的土地上，才能長出如此奇特的植物吧。聽說從前有一位大唐高僧來到我國之後，在墓廟裡看到整排的肉身像佇立眼前，忍不住感動流淚說道：『這是在大唐絕對看不到的奇蹟啊！』據說在大唐製作木乃伊的過程很麻煩，必須反覆進行塗漆、晾乾的工序。日本不知是怎麼製作的。親王您現在親眼看到這些木乃伊，有沒有留下什麼特別的印象？」

「哎唷，何止留下印象，簡直太令人震撼，都不知道該說什麼了。日本也有化身為木乃伊的高僧，譬如像我師父空海上人，傳說他預感到自己的死期之後，便開始絕食斷水，每天只服些丹藥，一直在高野山的洞穴裡結跏趺坐，直到入定。而我一向孤陋寡聞，除了空海上人之外，能像他那樣完成偉業的高僧，我很少聽說，更別說女人了。據我推測，或許因為高野山出產水銀，而空海上人又剛巧懂得利用水銀乾燥肉身吧。當年我拜見過棺木裡的上人遺容，他的臉孔就像青銅面具一樣。」

親王跟公主閒聊著走出昏暗的室內，來到墓廟頂端的露台。藍天下的陽光十分耀眼，遠處有一座火山被陽光照出清晰的紫色身影。露台位於離地很高的位置，陣陣清風自由自在地吹拂在身上，令人感覺空氣裡的燠熱也不再那麼難熬。兩人彎身坐在石階上，默默眺望火山冒出的煙霧，在藍天的背景襯托下，煙霧時刻變化成各種形狀。半晌，公主重新開口說道：

「我說，親王您真的那麼想去天竺？就算賠上性命也想要去？」

她的聲調裡飽含抑揚頓挫，彷彿有什麼祕密要說似的。親王不免一驚，轉眼偷窺公主的臉孔，看到那略帶笑意的臉上好像在瞬間閃過一種從前也曾看過的殘忍。但他並不在意，便接口說道：

「當然啊。西渡天竺是我立志要用生命完成的偉業。我一點也不怕死。」

「如此說來，不論是到達天竺之後離世，還是去世之後才到達天竺，從結果來看，兩者應該沒有什麼分別吧。」

「如果到達天竺跟離開人世能夠同時完成，那當然是最理想啦。如果抵達天竺的希望渺茫，那就無所謂誰先誰後了。」

聽到這裡，公主的眼中突然一亮：

「既然如此，我倒是有個好辦法。您聽過「捨身飼虎[140]」這個故事吧？親王飽讀佛學經典，肯定知道這個故事的。從我國一直往南走，渡海之後，對岸的北方有個國家叫做羅越，那裡有很多老虎，據說那些老虎就像候鳥一樣，經常在羅越和天竺之間頻繁往來，絕不隨便踏進其他國家。而且這些老虎經常處於飢餓狀態，總是渴望吃到活人的鮮肉。至於死人的屍肉，牠們根本沒興趣多看一眼。既然您說，就算是死後到達天竺也無所謂，那您何不主動投身虎口，待您順利裝進老虎的肚裡，就可以不急不忙地前往天竺了。這就是我想到的辦法，不知您覺得怎麼樣？」

親王不自覺地朗聲說道：

「真有趣！就像是坐在牛車上，搖搖晃晃，慢慢吞吞地遊山玩水嘛。所以說，我被老虎裝進肚子裡之後，老虎替我步行到天竺去，這辦法多妙啊！」

說完，親王跟公主不約而同地相視而笑，好像他們想到一個達成共同目標的辦法似的。接著，公主像在自語似的低聲說道：

「我好高興。如此一來，我就可以跟親王幾乎同時離開人世。這是信奉佛祖才能獲得的福報啊！將來我的孩子一定跟親王長得一模一樣吧。」

看來芭塔莉亞．芭它塔公主對她的假設深信不疑，親王不免有些抱歉，因為世上也

140 捨身飼虎：佛教故事，出自《賢愚經》卷一〈摩訶薩埵以身施虎品〉。內容講述釋迦牟尼佛的前世曾是摩訶薩埵太子，一天，他與兄長出遊時遇到餓虎，摩訶薩埵太子發起慈悲心，願意捨生以自己的肉體餵食餓虎。

經常會有所謂的假孕現象出現，他不能只憑公主的告白，就相信她說的是事實。就算月經沒來，未必就能斷定是懷孕的徵兆吧。說不定十個月零十天的孕期滿了之後，公主的孩子卻始終生不出來，而那非死不可的死期，也就永遠不會到來吧。

親王陶醉地欣賞著遠處的火山，一想到自己可能再也不會爬到這麼高的地方來了，心底湧起無限感慨。因為他到了這裡之後，除了喉嚨痛之外，還覺得呼吸好像更加吃力了。雖然從前年輕的時候，他曾經那麼喜歡爬到高處。空海上人從前還為了這件事取笑過自己呢。

回到小屋之後，親王把安展、圓覺、春丸三人叫到面前，興奮地把那個所謂的好辦法告訴大家。

「找到好辦法啦。我決定讓老虎把我吃掉，然後老虎就會帶著肚子裡的我，直接奔向天竺。你們看這個辦法怎麼樣？」

安展睜大眼睛說道：

「太驚人了。您說些什麼啊。哪裡有這麼理想的老虎，還能這麼湊巧把您載到天竺去？」

「這種老虎是存在的喔。聽說天竺的老虎有一種習性，牠們會跑到一個叫做羅越的國家，然後必定還會重返故里。我們現在只要渡海到羅越國，去找老虎聚居的場所就行了。一點都不難啊。」

「這些訊息，是誰告訴您的？」

「芭塔莉亞．芭它塔公主，她不但頭腦聰明，對這附近的地理環境也很熟悉。應該不會告訴我錯誤的訊息。」

親王這兩三天消瘦了不少，圓覺不捨地望著他說：

「可是不管怎麼說，我們總不能眼睜睜地看著老虎啃掉親王的腦袋，再吃掉全身啊。親王，別再跟我們開玩笑了。我願為親王赴湯蹈火，唯有這件事，恕我無法從命。」

春丸也附和說道：

「好不容易到了天竺，肉體卻已變成冰冷的屍骨，而且裝在野獸肚子裡，這不是太恐怖了嗎？死了就看不到菩提伽耶聖地[141]，也看不到祇園精舍[142]了。親王經常提起的那爛陀寺，也無法參觀了。親王喜愛的迦陵頻伽的叫聲，也無法欣賞了。就算病情越來越嚴重，只要還有一口氣在……」

春丸說到這裡，原本正在閉目傾聽的親王打斷她說道：

「不，事情不像妳說的那麼簡單。我的身體現在衰弱成這樣，還想幸運地活著抵達遙遠的天竺，這種事，我根本想都不敢想。現在的情況已經不容我那麼樂觀了。聽說老虎是不吃死人屍體的。我要是死了，就連這個計畫都只好作罷。剛才到現在我一直沒說話，因為最近我不只是喉嚨痛，呼吸也很困難，甚至連走路都難以應付。我還在琢磨，要是在喉嚨上開個通風孔，應該會很舒服吧。圓覺，讓我在你面前班門弄斧一下，抱歉啊。我想起《莊子》的〈大宗師〉篇有一句話：『真人之息以踵，眾人之息以喉。』現在我真心覺得，早知如此，就該早點修練到真人的境界，要是能用腳後跟呼吸就好了[143]。」

說到這裡，親王雖然想笑，卻已發不出笑聲，只能悲慘地從嘴裡冒出幾聲類似笑聲的聲音。三名弟子不知如何回答，只能低頭保持沉默。親王接著又努力提高嗓音說道：

「還有，你們不要把我被老虎吃掉這件事想得那麼殘忍。反而應該看成是非常自然的現象。人類的生命原本來自天地，死後就該重歸天地，與其把肉體勉強埋進冰冷的墳墓，還不如把自己的肉身投餵飢餓的老虎，化為老虎的一部分，然後隨著老虎一路奔向天竺，這樣不是更符合自然的規則？佛祖當年捨身飼虎，已為我們樹立了卓越的典範。老實說，我現在已對那從沒見過的羅越虎，也就是馬上會把我吃掉的羅越虎，怎麼說

---

141 菩提伽耶聖地：釋迦牟尼悟道成佛的地方。又名佛陀伽耶、摩訶菩提、菩提場。現已成為佛教徒心中的聖地。位於印度比哈爾邦特那城南方約一百五十公里處。

142 祇園精舍：著名的佛教勝地，釋迦牟尼成佛後傳習佛法的重要場所，也是佛陀在世時規模最大的精舍。全名為「祇樹給孤獨園」，簡稱「祇林」、「祇陀林」、「祇園」，位於印度北部的北方邦舍衛城南郊。佛陀的後半生在這裡居住長達二十多年，現在流傳的經典中，約有七八成都曾在裡講說，很多佛經如《阿彌陀經》和《金剛經》的開篇都曾提到「佛在舍衛國祇樹給孤獨園」。「精舍」指佛教僧團的房舍或寺院。

143 此處其實並不是親王所說的「用腳後跟呼吸」的意思。這段話的意思是說，有道之人的呼吸可以由內直達腳後跟，而一般人的呼吸只靠喉嚨。

呢，我已從心底對牠產生深厚的感情呢。」

過了幾天，室利佛誓的皇宮派人送了四隻強壯的大象到親王的住處。可能是公主安排的吧。所以說，親王一行四人現在只要騎上大象，就可以出發到羅越國去了。只是，前往羅越國之前，他們必須先沿著蘇門答臘島南下大約兩百里，然後在距離對岸馬來半島最近的地點登船出發。羅越國的位置在馬來半島南端，當時在星洲島（今天的新加坡）四周有許多小國，全都因為從事南方海上貿易而繁榮興盛，羅越國就是其中之一。親王一行四人當時對於羅越國的認知，大概就只有這種程度而已。

不久，終於到了親王啟程的前一天。這天，他躺在小屋的草蓆上，艱辛地利用肩部運動進行著呼吸。親王把三名弟子叫到面前，氣若遊絲地細聲說出一句令人意外的話：

「今天一切都按照我的意思吧。誰去門外撿個剛好可以握在掌心的，圓圓的東西來？喔，掉在地上的石頭就行了。」

「是。」

春丸說完立刻起身，向門外奔去。沒過幾分鐘，春丸就撿了一塊大小合適的石頭回來。她出去的這段時間，親王似乎昏昏沉沉地睡著了。

「親王，石頭撿來了。」

春丸低聲向親王招呼著，親王這才緩緩睜開眼睛說：

「啊，對了，我竟然忘了。把我扶起來吧？」

安展走上前，從親王身後撐著他的肩膀，把他從草蓆上扶起來。

「幫我用右手握住石頭好嗎？嗯，就像這樣。」

石頭被握進手裡之後，親王突然將右手高舉頭頂，來回揮動，做出把石頭擲向遠方的動作。而且不只揮動了一次，而是連續兩三次，一再重複相同的動作。接著，只聽他像唱歌似的念道：

「去吧，飛到天竺去啊。」

三名弟子嚇呆了，都在暗中嘆道：哎呀，親王終於頭腦糊塗了嗎？三人各自沉默著，不敢說話。原本就比常人容易流淚的圓覺，這時則拚命咬住嘴唇，勉強忍住嗚咽。

不過親王並沒有真的扔出石頭，他好像立刻失去了興趣，把石頭往地上一拋，又重新躺下閉上雙眼。安展探出腦袋問道：

「怎麼了？那塊石頭是什麼符咒嗎？」

安展盡量裝出不經意的表情。親王的嘴角露出一絲笑意說：

「不不，不用在意。大家都知道的，藤原家那個惡名滿天下的女人藥子，她在我小時候常常照顧我，有一次，我看到藥子舉起一個小小的圓形發光物，用力朝向黑暗的庭院拋去。當時的景象，我始終無法忘懷。剛才在這裡迷迷糊糊打著瞌睡，忽然又憶起那個場景，所以我才想到模仿藥子的動作。」

「模仿之後覺得怎麼樣呢？」

「嗯，並不覺得好玩或特別有趣。我只覺得不可思議，為什麼這幾十年當中，那個場景始終刻印在我腦中？所以我總想著，在我有生之年一定要模仿一次。」

說完，親王好像又睡熟了般發出了鼾聲。三名弟子憂心忡忡地看著親王，沒多久，親王又用微弱的聲音說道：

「麻煩你們，扶我起來吧。芭塔莉亞．芭它塔公主來了。」

這話雖是從親王嘴裡說出來的，但是看他臉上的表情，顯然是在睡覺，三人不禁疑惑，難道他在說夢話嗎？哎呀，一定是夢話。因為根本連芭塔莉亞．芭它塔公主的影子都沒看到啊。弟子們不知如何是好，沉默著面面相覷。過了一會兒，大家看到親王的嘴巴又在蠕動，安展便伸手扶著親王的肩膀，幫他坐起來。然後找來一堆稻草，支撐親王的身子。親王雖然好不容易坐了起來，眼皮卻沒有打開，似乎沉浸在睡眠的底層。看情形應該是在做夢吧。

現在，讓我們換個場景，請讀者跟著芭塔莉亞．芭它塔公主一起走進親王的夢境吧。

公主拉開門踏進小屋，立刻像蛇似的扭動柔軟的身軀，撲向親王的枕畔，低聲耳語問道：

「喉嚨痛怎麼樣了？後來有沒有變好一點？」

親王就像剛才描述過的那樣，讓安展幫著他支起身子。

「怎麼可能變好，反而越來越痛了。怪我不小心吞下一顆大珍珠，那珠子卡在喉嚨裡，怎麼弄都弄不出來。妳看，這裡腫起來了吧？妳摸摸看。」

公主伸出細長的手指輕撫著親王脖頸的右側，把嗓音壓得更低說道：

「您看，我的手指這麼細，這麼長唷。如果親王不反對，我就把手指伸進您的喉嚨，挖出那顆卡在裡面的珍珠，怎麼樣？」

親王不自覺地像孩童似的點點頭。

公主的手指纖細潔白，長度大約是一般人的兩倍，十個指甲也很長，而且打磨得十分漂亮，看起來就像一顆顆瑪瑙。她的手指伸到眼前時，親王不禁生出一種錯覺，以為某種食蟲植物的藤蔓正在伸向自己。他覺得有點畏懼，但還是老實地張開嘴，讓那根手指伸進嘴裡。

這項手術再簡單不過。公主的手指探進親王的喉嚨深處，迅速地撈出一顆閃亮耀眼的大珍珠，她露出滿臉笑容把珍珠舉起來向親王展示。原來是這東西一直卡在喉嚨裡啊！親王露出好奇的眼神凝視著那顆被公主夾在指間的珍珠。

「怎麼樣？這下爽快多了吧？」

聽到公主發問，親王才發現真的像她說的那樣，自己的病好像已經痊癒了。之前那種呼吸困難的感覺，似乎也突然消失了。哎呀，真不容易。他的腦中剛浮起這個感想，卻聽到公主說了一段話，像鞭子般抽打著他的耳朵。

「把親王帶向死亡的，就是這顆珍珠。但它卻如此美麗。您要是選了美麗的珍珠，就不能避開死亡。如果想要避開死亡，就得放棄美麗的珍珠。來，請您從這兩者當中選一樣。當然，不論做出怎樣的抉擇，都是親王的自由。」

親王感到十分驚異，因為公主說這段話的時候，嘴裡並沒發出她自己的聲音，而是變成藥子略帶諷刺的聲音。公主的身姿也已變成藥子的模樣。究竟是什麼時候改變的？親王也不知道。就連正在夢裡的親王都沒察覺身邊的變化，其他人當然就更無法弄清了。反正，這種事經常會在夢裡出現吧。

接著，藥子站起身，高高舉起右手裡的珍珠。那顆珍珠現在已經變成小石頭那麼大，不斷閃爍著光芒。藥子又向親王說道：

「沒事了。親王，請放心吧。就算您的陽壽已盡，只要這塊發光的東西越過大海，飛抵日本，親王的生命還會在那裡發出茁壯的新芽。您化為靈魂之後，只需永遠留在天竺逍遙就行了。」

說完，藥子向跪坐在房間裡的安展和圓覺看了一眼，緩緩地揮一下右手，把手裡那個發光的石頭拋向屋外。

「去吧，飛到日本去啊。」

石頭從土牆之間飛出去，擦過椰子樹的葉梢之後，在空中畫出一條久久不肯消失的閃亮弧線，一直朝向遠處的天空飛去。就在這時，藥子的身影也隨著石頭一起消失了。

頓時，親王像是失去了支撐似的砰然倒在草蓆上。三名弟子從剛才就呆呆地凝視著親王，現在看他倒下，三人不禁暗自疑惑：該不會斷氣了吧？他們連忙靠向親王身邊，細細察看他的臉色。親王臉上出人意料地露出安祥的神情，弟子們這才鬆了口氣。圓覺環抱雙臂自語似的說道：

「好奇怪啊。我好像聞到女人的氣味呢。這就是所謂的留香嗎？」

因為他們三人始終不在夢境裡，當然也不會看到公主或藥子的身影。出現在別人夢中的人物，他們怎麼可能看得到呢？

除了香氣之外，還有一件怪事，也讓圓覺納悶了很久。那就是春丸撿來的那塊石頭，後來不管他在小屋裡怎麼找，都再也找不到了。難道有人把那塊石頭丟到屋外去了嗎？

出發的這天早上，弟子們拉扯著親王的手腳把他扶到大象的背上。親王的心情很好，他很久沒有這麼高興了。象背上面設置了密閉式的小型臥榻，親王可以舒適地躺著踏上旅途。想必是芭塔莉亞．芭它塔公主派人準備的吧。親王的喉嚨痛和呼吸困難雖然在夢裡完全痊癒了，但醒來之後才發現，病狀並沒有任何改變，他覺得非常沮喪，不過坐上大象之後，即將遠行的歡樂氣氛幾乎讓他忘掉了自己的病痛。

從出發到羅越國的這段旅程，我們就不必在此細細描述了吧。總之，親王一行沿著蘇門答臘島的東岸一路南下，四周的景觀逐漸出現變化，變得跟火山帶的西海岸完全不同，不久，他們看到前方出現大片陰暗潮溼的溼地，眾人不得不踩著泥濘向前，兩腳都被弄得溼漉漉。這麼廣大的沼澤地，不騎大象根本無法通過。親王和弟子們這時都由衷感激公主的貼心安排。這段行程前後花費了三個多月的時間，最後，大家終於到達一個可以眺望麻六甲海峽的地方，名字叫做斯里甘貝。這時，包括全身泥漿的大象在內，親王一行才終於嘗到劫後重生的滋味。他們在這裡放走大象，搭上雇來的小船朝向對岸的星洲島出發。那裡就是羅越國了。

但令人感到意外的是，星洲島竟然遍地覆蓋茂密的熱帶植物，根本是個荒涼的島嶼。岸邊雖然有座石塊堆砌的建築遺跡，看起來似乎是從前的港口，但這港口顯然早已廢棄，現在只剩下一堆孤零零的石塊，整日承受海潮的沖刷。親王一行人看到眼前的景象，這才恍然大悟，難怪剛才租船的時候，當地居民都露出一臉不歡迎的表情。原來如此。據那些居民透露，老虎是沿著孟加拉灣跑到馬來半島最南端，從那裡游過星洲島和陸地之間狹窄的柔佛海峽[144]之後，就能到達星洲島。

登陸星洲島的那天夜裡，親王獨自走進事先選好的叢林，仰面躺在草地上。整個晚上，他不斷誦念彌勒寶號[145]，等待老虎出現，但是這天卻沒有遇到老虎。到了清晨，他露出沮喪的表情回到三名弟子的身邊，苦笑著對大家說：

「想死也不是那麼容易。算了，明天一定可以吧。」

第二天晚上，月光跟前晚一樣明亮，光彩遍照大地。親王離開之後，三名弟子整晚都沒睡覺，始終專注地齊聲誦念彌勒寶號。就算他們想睡，也睡不著吧。不久，清晨降臨，但親王直到天亮之後都沒有回來。

三名弟子彼此交換了肯定的眼色後，一齊起身奔進親王躺臥的叢林。但林中哪有親王的身影？只看到幾塊沾著鮮血的骸骨在晨光照耀下，閃著白森森的光芒。

「啊！啊！太慘了。可悲啊。世上還有比這更悲哀的事情嗎？親王已經離去了。」

---

144 柔佛海峽（Straits of Johor）：指新加坡與馬來西亞柔佛州之間的水道，東連南海，西通麻六甲海峽，全長五十二公里，寬約一至五公里。

145 彌勒寶號：「彌勒」指彌勒菩薩。「寶號」是對佛菩薩名號的敬稱。彌勒菩薩是釋迦牟尼的繼任者，將在未來婆娑世界降生成佛，所以彌勒菩薩的佛號為「當來下生彌勒尊佛」。

安展猛然倒在地上，不斷用拳捶打地面，同時放聲大哭起來，圓覺也抓著身旁的樹幹，忘我地痛哭流涕，樹幹隨著他的哭聲搖來搖去。

這時，一聲尖銳響亮的鳥鳴突然像橫空出世的彩虹般畫過天空，緊接著，一隻黃綠色小鳥瞬間從草地翩然飛向天空。

親王、親王、親王……

小鳥看起來很像黃鶯，臉孔卻長得跟春丸一模一樣。圓溜溜的眼中含著淚水，看來牠想跟老虎一起到天竺去吧。安展和圓覺都露出震驚的眼神盯著鳥兒的行蹤，兩人呆呆地佇立在原處，甚至忘了收撿地上骸骨。

親王、親王、親王……

鳥鳴聲逐漸遠去，小鳥的身影也變成一粒很小很小的黑點，逐漸消失在西方的天際。

「那大概就是頻伽鳥吧。既然聽到了頻伽的鳴聲，我們等於到達天竺了。」

說完，兩人這才像回過神來，默默地開始撿拾親王的骸骨。骨片輕飄飄的，就像塑膠片一樣，非常符合親王喜愛時尚的形象。

史料雖然沒有明確記載，但根據推測，高丘親王在羅越國去世，是在唐朝的咸通六年，也就是日本的貞觀七年的年底。這一年，親王享年六十七歲。他這段旅程給人的感覺，好像踏遍眾多國家，遊遍諸多海洋，但事實上，從親王自廣州出發之後，還不到一年。

澀澤龍彥年表

一九二八年	出生	五月八日，出生於東京市芝區（現在的東京都港區）。本名為龍雄。父親澀澤武是銀行員，與「日本資本主義之父」澀澤榮一為遠親關係；母親節子是實業家兼政治家磯部保次的次女。
一九三〇年	二歲	七月，妹妹幸子出生。
一九三三年	五歲	二月，二妹道子出生。
一九三五年	七歲	進入瀧野川第七尋常小學就讀。
一九四一年	十三歲	進入東京府立第五中學就讀。
一九四五年	十七歲	四月，進入舊制浦和高校理科乙組（選修德語）。
一九四八年	二十歲	準備大學重考的同時，在新太陽社打工兼職編輯，因此與吉行淳之介、久生十蘭等作家結識。

一九五〇年	二十二歲	四月，進入東京大學文學部就讀。
一九五二年	二十四歲	六月，召集居住鎌倉的學生創立刊物《新人評論》。 七月，與友人武井宏在新宿御苑舉辦巴里祭。
一九五三年	二十五歲	自東京大學文學部法文科畢業。畢業論文題目為〈薩德的現代性〉。
一九五四年	二十六歲	八月，譯作《大劈腿》（尚・考克多著）由白水社出版，首次使用筆名「澀澤龍彥」。
一九五五年	二十七歲	七月，與友人出口裕弘、野澤協、小笠原豐樹等人創立同人誌刊物「Genre」，並首次發表小說〈撲滅之賦〉。
一九五六年	二十八歲	十二月，譯作《薩德選集》（薩德著）由河出書房出版，並邀請到三島由紀夫撰寫序文，兩人因此開始深交。
一九五九年	三十一歲	一月，與在岩波書店校正室結識並交往的詩人矢川澄子結婚。 九月，第一本評論散文集《薩德復活：自由與反抗思想的先驅者》由弘文堂出版。此作讓澀澤開始廣為人知。這段時期辭去校正工作，開始專心進行寫作。

		在三島由紀夫介紹下結識五踏家土方巽，觀賞土方的舞踏作品「650EXPERIENCE之會」，此後展開深交。 十二月，譯作《惡德的榮光．續》（薩德著）由現代思潮社出版。
一九六〇年	三十二歲	四月，《惡德的榮光．續》被下令禁止出版。
一九六一年	三十三歲	因持有及販售猥褻文書之嫌疑，與現代思潮社社長石井恭二一起受到在宅起訴（未扣押犯罪嫌疑人至刑事設施的起訴）。
一九六二年	三十四歲	十月，東京地方裁判所判定澀澤等人無罪，檢察官上訴。
一九六三年	三十五歲	十一月，東京高等裁判所判定澀澤等人有罪，此案上訴至三審。
一九六八年	四十歲	四月，與矢川澄子離婚。 十一月，擔任責任編輯的雜誌《血與薔薇》創刊號發行。
一九六九年	四十一歲	「惡德的榮光」案件三審結果判決有罪，科處七萬圓罰金。與《藝術新潮》的編輯前川龍子再婚。
一九七〇年	四十二歲	九月，首次前往歐洲旅行。三島由紀夫至羽田機場送機，也是兩人最後一次會面。

一九八一年	五十三歲	七月，短篇集《唐草物語》由河出書房新社出版。 十月，《唐草物語》獲第九屆泉鏡花文學獎。
一九八五年	五十七歲	八月，《高丘親王航海記》開始於《文學界》雜誌連載。
一九八七年	五十九歲	八月五日，因頸動脈瘤破裂，於東京都內醫院辭世。 十月，遺作《高丘親王航海記》由文藝春秋出版。本作於隔年獲第三十九屆讀賣文學獎。

幻話集003 **高丘親王航海記**

TAKAOKA SHINNO KOKAI-KI by SHIBUSAWA Tatsuhiko
Copyright © 1987 SHIBUSAWA Ryuko
All rights reserved.
Original Japanese edition published by Bungeishunju Ltd., in 1987.
Chinese (in complex character only) translation rights in Taiwan reserved by
RYE FIELD PUBLICATIONS, A DIVISION OF CITE PUBLISHING LTD., under the license granted by SHIBUSAWA Ryuko, Japan arranged with Bungeishunju Ltd., Japan through AMANN CO. LTD., Taiwan.
版權所有　翻印必究
作者	澀澤龍彥
譯者	章蓓蕾
封面設計	鄭婷之
責任編輯	丁寧
國際版權	吳玲緯　楊靜
行銷	闕志勳　吳宇軒　余一霞
業務	李再星　陳美燕　李振東
總編輯	巫維珍
編輯總監	劉麗真
事業群總經理	謝至平
發行人	何飛鵬
出版	麥田出版 台北市南港區昆陽街16號4樓 電話：886-2-25000888　傳真：886-2-2500-1951
發行	英屬蓋曼群島商家庭傳媒股份有限公司城邦分公司 台北市南港區昆陽街16號8樓 客服專線：02-25007718；25007719 24小時傳真專線：02-25001990；25001991 服務時間：週一至週五上午09:30-12:00；下午13:30-17:00 劃撥帳號：19863813　戶名：書虫股份有限公司 讀者服務信箱：service@readingclub.com.tw 城邦網址：http://www.cite.com.tw
香港發行所	城邦（香港）出版集團有限公司 香港九龍土瓜灣土瓜灣道86號順聯工業大廈6樓A室 電話：852-25086231　傳真：852-25789337 電子信箱：hkcite@biznetvigator.com
馬新發行所	城邦（馬新）出版集團 Cite（M）Sdn. Bhd.（458372U） 41, Jalan Radin Anum, Bandar Baru Seri Petaling, 57000 Kuala Lumpur, Malaysia. 電話：+6(03)-90563833　傳真：+6(03)-90576622 電子信箱：services@cite.my
印刷	前進彩藝有限公司
初版一刷	2024年10月
售價	450元
ISBN	978-626-310-727-4
電子書	978-626-310-723-6 (EPUB)

國家圖書館出版品預行編目(CIP)資料

高丘親王航海記／澀澤龍彥著；章蓓蕾譯. -- 初版. -- 臺北市：麥田出版：英屬蓋曼群島商家庭傳媒股份有限公司城邦分公司發行, 2024.10
面；　公分
譯自：高丘親王航海記
ISBN 978-626-310-727-4（平裝）

861.57　　113010424

城邦讀書花園
www.cite.com.tw

Printed in Taiwan.
本書若有缺頁、破損、
裝訂錯誤，請寄回更換。